図説

不思議の国のアリス

桑原茂夫

河出書房新社

◆目次――図説不思議の国のアリス◆

序章 不思議の国への招待

第1章 アリスの「不思議の国」へ

『不思議の国のアリス』を読む

第2章 アリスの「鏡の国」へ 『鏡の国のアリス』を読む

第3章 アリスとキャロルと写真術

序章　不思議の国への招待

①『不思議の国のアリス』の成立

『ドリームチャイルド』（一九八五年、ギャヴィン・ミラー監督）というタイトルの映画がある。『不思議の国のアリス』の作者ルイス・キャロルと、ヒロインのアリスを描いた作品だが、ここには『不思議の国のアリス』が書かれた頃の少女アリスと年老いたアリスが登場する。

そして年老いたアリスがアメリカの大学に招かれニューヨークの港に着いたとき、『不思議の国のアリス』のヒロイン・アリスが実在する人物であることを知って驚く人たちが、当時のアメリカには少なからずいたことも描かれている。たしかに誰もが知っているファンタジーの中から、当のヒロインが現実世界に飛び出してくれば、これは衝撃的なことである。

しかしアリスはまぎれもなく現実に存在していた。

『不思議の国のアリス』は、作者ルイス・キャロルが、ある夏の日、アリス・リデルという少女とその姉妹たちを相手に、即興で話した物語がもとになっている。物語のヒロイン・アリスは、そのときキャロルの目の前で耳を傾けお話に興じていた、アリス・リデルそのひとだったのである。

アリス・リデルは、キャロルが紡ぎ出すおかしな冒険物語の主役として、そこで走りまわったり、泣いたり、おかしなキャラクターとやりとりしたりする自分を想像し、こわがったり楽しんだりしていたことになる。

それは一八六二年七月四日の昼下がりのことだった。オクスフォード大学クライスト・チャーチ校で数学の教師をしていたルイス・キャロルは、友人ロビンスン・ダックワース（キャロルに似て子ども好きなうえに、歌も上手で、どちらかというとにぎやかな人だったという。キャロルの途方もない話の聞き手としては申し分なく、またキャロルの特異な才能をいちはやく認めたという点でも『不思議の国のアリス』誕生に多大な貢献をした友人というべきである）を誘い、キャロルの上司にあたる、オクスフォード大学クライス

ルイス・キャロル撮影のアリス・リデル。おそらくアリスがまだ5歳くらいのときのもの。真横を向いた肖像写真は珍しいが、このようなポーズをとらせてアリスのよさを写し出したのは、もちろんキャロル自身である。

クライスト・チャーチの大広間に面したステンドグラスには今、キャロル（右端）とアリス（左端）の写真がはめ込まれていて、ここが『不思議の国のアリス』と深い縁があることを示している。

ボートの上で話した即席のお話を本にしてほしいというアリスたちの望みに応じて、キャロルが作った自筆手製の本『Alice's Adventures under Ground（地下の国の冒険）』。表紙の文字もデザインもすべてキャロル自身のものである。

『不思議の国のアリス』の作者ルイス・キャロルこと、チャールズ・ラトウィッジ・ドジソン、24歳頃の写真。

ト・チャーチ校の最高責任者ヘンリー・リデル氏の幼い三人の娘たち、上からロリーナ、アリス、イーディスとともに、ボートで川を遡り、上流のゴッドストウという所までピクニックとしゃれこんだ。

時にキャロル三〇歳、アリス・リデルは一〇歳であった。

ボートを漕ぐのはもっぱらダックワースの役目で、キャロルは三姉妹を楽しませるためにお話する役を演じた。

もちろん、とびきり面白いお話でなければならない。聞き手は幼い女の子たちであるだけに評価は厳しい。次々に面白いシーンや会話を提供していかなければならないのである。幸いキャロルはそういう点に関して天才的な感覚と才能を持っていて、最後まで三姉妹を飽きさせなかった。それどころかピクニックから戻ったときには、この面白い話を「本」にしてくれと懇願されるほどの好評を博していたのである。

ダックワースの証言では、キャロル自身、これはあくまでもその場で思いついたお話であることを認めていたそうだから、本にするといったって、そう簡単ではなかったはずだ。思いつくままにおしゃべりした記憶をたどりながら、それなりに筋道を立て、三姉妹を面白がらせた情景を再現させせなければならないのだ。

しかしキャロルは、アリスたちの願いに見事応える。そしてそのお話をした日のことはキャロルの記憶に深く刻まれ、一八六二年七月四日はまさに特別の日となった。その日のことは、後に刊行される『不思議の国のアリス』の冒頭に、次のような詩として書きあらわされ、多くの人の記憶にもとどめられるに至ったのである。

ときまさに　黄金の　昼さがり
水の面ゆく　舟足は　のたりのたりと
オールもつ　頼りなげな
四本の　小さな手
加うるに　水先を　案内する
手が二本　これも幼く

ああ　むごい　三人組！
うとうとと　ひそやかに　陽をあびて
まどろんで　いたいのに
お話を　せよとの仰せ
無理難題　ごめんこうむる
だがしかし　いかんせん　多勢に無勢

（中略、ここに登場する「むごい三人組」が、アリスをはさむリデル三姉妹であることはいうまでもない。そしてキャロルが、

Lewis Carroll's Alice, Now 80, Visits U. S.
Alice Liddell at the age of 7½ years, photographed by Lewis Carroll. Upper right: Mrs. Reginald G. Hargreaves, the original "Alice," as she appeared last week. Lower: Lewis Carroll, from a photograph taken by himself. (Published by courtesy of the Century Co.)

New York Herald Tribune
Alice in a New Wonderland
The Same "Alice" Who Fell Down a Rabbit Hole 70 Years Ago and Landed in "Wonderland" Has Visited America and Written This Added Chapter on Her New Adventures
By Alice Hargreaves—the Alice of "Alice in Wonderland"

上は「80歳となったルイス・キャロルのアリス、アメリカを訪問」と報じた1928年の新聞記事。下は「新しい不思議の国のアリス」と題して、アメリカ旅行に同行したアリスの息子がニューヨーク、ヘラルド・トリビューン紙に書いた記事。

キャロルがアリスたちに『不思議の国のアリス』の原型となるお話を聞かせた1862年7月4日、くだんのボートに乗り込んだのは、写真左に見えるボート乗り場だったと、今に伝えられている。流れはゆるやかで、上りも下りもオールの重さはそれほど変わらない川である。

キャロルが1862年に撮影したアリス・リデル。ボート・ピクニックを楽しんだ、アリス10歳のときの記念すべき写真である。

リデル家の3人の姉妹。前からイーディス、アリス、ロリーナ。

キャロルがいた部屋の窓からは、右手にリデル氏の家が見え、アリスやその姉妹たちはこの庭に出てクリケットなどに興じていた。キャロルはこの写真の目線でアリスたちを見ることができた。

remembering her own child-life, and the happy summer days.

この自筆本の最後のページには、キャロルが撮影したアリス・リデルの写真が貼りつけてあった。なんとも手の込んだ豪華な本であり、すばらしいクリスマスプレゼントだ。

A Christmas Gift to a Dear Child in Memory of a Summer Day.

自筆本のトビラ（最初のページ）には「あの夏の日の思い出に。大好きな子へのクリスマスプレゼント」といった意味の言葉が記されている。『不思議の国のアリス』の原型となるお話をした、夏の日のボート・ピクニックはキャロルにとって忘れがたい日だったのである。

お話をせがまれて、むごいだのごめんこうむるだのといったネガティブな感情を持ったわけではないことももちろんである。多勢に無勢でまいったという風情を装いながら、実はよろこび勇んでお話を紡いでいった）

たちまちに　三人は　口つぐみ
　お話に　魅せられて
夢の子と　ともにさまよう
　不可思議な　地下の国
トリ　ケモノ　みんなともだち
　これはみな　ほんとのお話

お話の　種は尽きはて
　話し手の　声はかれはて
くたびれて　もはやこれまで
「あとはこのつぎ」
だがしかし　楽しげな　声をそろえて
「いまがその　このつぎですもの！」

このように　ぜひもなく
　ゆっくりと　つぎつぎと　紡がれて
珍妙な　不思議の国の
　ちぐはぐな　話も終り
にぎやかな　舟はふたたび　家路をたどる
　日はすでに　入りかかる　西の空
（高橋康也・迪訳による）

その日はまさに黄金の昼さがり、ゴールデ

オクスフォード大学クライスト・チャーチの象徴、トム・タワー。

ルイス・キャロルはクライスト・チャーチで図書館の副司書も務めていた。ここがその部屋である。

アリスの父ヘンリー・リデル（1811—98）の肖像画。ロバート・スコットと共に編纂した『ギリシャ語—英語辞典』は名著として名高く、現在も古典文学を学ぶ研究者に利用されている。

ン・アフタヌーンだったのである。かくしてキャロルはその日から二年数か月をかけて、三七枚ものイラストを挿入した自筆の本を作りあげ、最後のページには自分で撮影したアリス・リデルの顔写真まで入れてアリス・リデルにプレゼントした。

　キャロルにとって、イラストを描くのも文字を活字のように書くレタリングも苦手ではなかった。子どものときから手づくりの家庭内雑誌をつくっていたりしていたので、むしろ得意なことだった。

　ところでこの自筆本のタイトルだが、*Alice's Adventures under Ground* つまり「地下の国の冒険」であり、Wonderland「不思議の国」ではなかった。

　たしかにアリスが地下深く落下するところからこの冒険譚ははじまっているし、落ちた地点からアリスは足をのばして行くので、この物語は地下の国の冒険にほかならなかったのである。

　この貴重な自筆本の制作中、それを目に留めた友人のダックワースたちからは、高い評価を得たばかりか、出版することを強くすすめられた。結局マクミラン社から一般に向け出版されることになったのだが、実際に出版されるまでには、自筆本のできあがりからさらに一年近くかかる。その間、マッド・ティーパーティのにぎやかなシーンや新しいキャラクターのチェシャネコを加えたり、そのほか細かい部分的な直しを入れたりしている。

　しかし、自筆本と一般向けの本とのあいだで決定的に違ったのは、その書名と、イラストを当時の人気イラストレーターだったジョン・テニエルに依頼したことである。

②地下の国こそ不思議の国

　まずタイトルのほうだが、自筆本のタイトルにあった「地下の国」は、ファンタジーの舞台としては華やかさに欠けるような気がするけれど、キャロルがこの作品を書いた当時は、けっしてそんなことはなかった。むしろ地下の国は思いがけず豊かな世界が広がる、夢の空間だった。
　どのような世界だったのか——そのひとつは、恐竜に代表されるはるか大昔の生物が化石としてよみがえり、その姿を彷彿とさせる夢の空間だった。さらに地下の国には巨大なエネルギーを生む石炭が大量に埋蔵されていて、蒸気機関車など夢のマシーンを永久に動かしつづけるように思えた。そのうえ地下の国は、まばゆい光を発し人を眩惑する宝石の

アリスが落下してたどり着いた地下の国には、恐竜と同じように今は絶滅して地上に存在しない動物、ドードーもいた。ドードーは、体長１メートル近い巨鳥で、インド洋に浮かぶモーリシャス島に生息していたが、人間に対する無警戒のために乱獲され18世紀には絶滅してしまった。上はクライスト・チャーチのオクスフォード大学博物館に展示されているドードーの絵。キャロルやアリスも親しんでいたドードー像である。このドードーが、アリスの地下の国では奇妙なコーカスレースを提案し実施したばかりか、アリスに勲章として指貫を与えるなど、堂々と振舞っている。
下はテニエルの原イラストに彩色した『幼児のためのアリス』から、ドードーがアリスに指貫を与えるシーン。

1851年ロンドン万博でハイドパークに建てられたクリスタルパレス。キャロルもオクスフォードから見物に出かけている。

アリスの挿絵を担当したテニエルが「パンチ」に描いた、クリスタルパレスを訪れる一家。

1854年、クリスタルパレス敷地内に恐竜展示場がオープンした。その完成直前のイグアノドンの体内（！）で開かれた、関係者の祝賀パーティのようすを描いたイラスト。まさにワンダーランドのティーパーティである。

類が、無限と思われるほどたくさんひそんでいる美しい空間だった。

当時の地下世界は、今ならさしずめ宇宙空間のような、夢をかきたて、人々をわくわくさせるワンダーランドだったのである。

このうち、はるか大昔の生物ということでいうと、そのような化石が発見されるたびにセンセーションが巻き起こった。たとえば十九世紀初め、メアリー・アニングという女性がイギリス南岸の自宅付近の断崖で次々と発見・収集した化石は、竜（ドラゴン）のようであり、古来伝えられてきたドラゴンの伝説を一気に現実のこととしてよみがえらせたのである。

そして一八四一年、つまりルイス・キャロルがアリスにお話を聞かせるわずか二十年ほど前のこと、イギリスの解剖学者、リチャード・オーエンが、化石としてよみがえった爬虫類に、「恐竜」（ディノサウリア）という名を付した。ギリシア語で恐ろしいトカゲ（爬虫類）という意味だが、これでいよいよ「恐竜」の存在がクローズアップされるようになった。

それから十数年を経た一八五四年には、ロンドン郊外の公園に、いわば恐竜博物館ともいうべき展示場が公開された。それまでに発見された「恐竜」が復元・展示されたのである。まるで一九世紀版「ジュラシック・パーク」だ。ディレクターは「恐竜」の名付け親リチャード・オーエンその人で、復元アーティストは、ウォーターハウス・ホーキンズだった。しかもその展示場は、一八五一年のロンドン万博の中心会場として話題を呼び、ルイス・キャロルも大きな刺激を受けた、クリスタルパレス（水晶宮）にあった。ガラス張りの巨大な建造物であるクリスタルパレスが好評のため保存・移築され、その敷地内に恐竜がよみがえったのだ。クリスタルパレスと恐竜というこの組み合わせは、当時、人々の関心がいかに「恐竜」に向けられていたかを示すエピソードでもある。

このあと「恐竜」は世界的なブームになり、特にアメリカ大陸での「恐竜」発掘は世界中から注目を集めるにいたるのである。

キャロルとアリスの時代は、まさに恐竜が躍動した時代でもあるのだ。

本来竜は退治されるべき悪しき存在だった。上はテニエルによるギリシャ戦士に扮装したパンチ氏の竜退治（「パンチ」1859年7月－12月号）。テニエルは恐竜的な竜を多く「パンチ」に描いている（下の図の左、聖ジョージと竜「パンチ」1852年1月－6月号。右、装飾文字「パンチ」1852年7月－12月号）。こうした竜については『鏡の国のアリス』に描かれているジャバウォッキー（70ページ参照）の造型との関係も指摘されている。

クリスタルパレスに復元された恐竜を格好の教材と考える人たちもいたのだろう。しかし子どもにしてみれば、はじめてみる巨大動物であり恐ろしい見世物であったかもしれない。アリスなら大喜びしたのだろうが。「パンチ」に掲載されたジョン・リーチの諷刺画。

アリスの地下世界につながる『地底旅行』

1 ジュール・ヴェルヌの『地底旅行』における地底の海には、太古の生物がよみがえっていても不思議ではなかったようだ。

「どうやらこの海には化石種の生物しかいないらしい。ところで化石種というものは、魚類でも爬虫類でも、その誕生が古いものほどいわば完璧なかたちをしている。もしかしたらぼくたちは、科学が骨や軟骨の一片から全体像を復元することに成功した、あの恐竜の仲間にも出会うことになるのかもしれない」

2 そしてついに恐竜に出あうのである。『地底旅行』で目撃された二匹の恐竜――

「えっ！　二匹？　怪物は二匹しかいないって……」

「その通りだ」と、望遠鏡を目から離さないでいた伯父が叫ぶ。

「そんな馬鹿な！」

「いや、そうだ。一匹の怪物は、ネズミイルカのような鼻面で、頭はトカゲ、歯はワニだ。だから間違えたんだ。こいつは太古の爬虫類のなかでも、もっとも恐ろしいイクチオザウルスだ！」

「じゃあ、もう一匹は？」

「こちらはカメの甲羅に隠れたヘビだ。イクチオザウルスの恐るべきライバル、プレシオザウルスだ！」

ハンスが言ったことは本当だった。たった二匹の怪物だけで、こんなに海面を騒がせている。ぼくの目の前にいるのは、古代の海に棲息していた二匹の爬虫類なのだ。

（この二匹の恐竜は、クリスタルパレスの恐竜展示場にも展示された）。

3 ジュール・ヴェルヌの『地底旅行』に出てくる、地底に広がる海（あるいは湖）は、「地球空洞説」をとればうなずける空間である。

湖か大洋かはわからないが、「果てしない水の広がりが視界の彼方までつづいていた。海岸線は大きく切れ込んで半円形を描き、砂浜には波が打ち寄せ、金色のこまかい砂のあいだには、かつて原初の生命が宿った小さな貝殻がちりばめられていた」

4 地下世界の豊かさを少し誇張しただけでも、ジュール・ヴェルヌの『地底旅行』の次のようなシーンになる。

「片岩の下には層状の構造を成す片麻岩がつづいた。薄板のような葉層が規則的な平行線を作っている。それから大きな薄片を重ねたような雲母片岩の層が、目にも美しい白雲母のきらめきで飾られてつづいた……巨大なダイヤモンドのなかの空間を旅しているような心持ちだった」

（引用は岩波文庫版『地底旅行』朝日奈弘治訳より）

さらに地下世界には石炭という夢の資源が埋蔵されていた。

石炭を燃やして得られる巨大なエネルギーは蒸気機関を動かし、それまで考えられなかったような大きなパワーと速い速度をもつ乗り物、すなわち蒸気機関車や、大量の糸を効率的につむぐ紡績機などを現実のものにした。こうした人手によらない自動機械が、産業革命、技術革新を推し進める原動力となっていたことからも、そのエネルギー源を供給しつづける地下世界は注目されていたのである。

さらに地下は宝石や貴金属の、文字通りの宝庫であった。気の遠くなるような時間を経て、地球の奥深くで形成される美しい輝きは、地下世界への想像力を刺激するのに十分なものがあった。

このように地下世界は実に魅力的な世界だった。キャロルが、アリスを地下世界で冒険させようとしたのは、むしろ当然のことだったのである。

ところで、ルイス・キャロルの『不思議の国のアリス』と前後して、正確にはその刊行前年（一八六四年）にフランスで、ジュール・ヴェルヌの『地底旅行』（原題は『地球の中心に向かっての旅』といった意味）が刊行されている。

この『地底旅行』は、まさに地下世界への冒険物語である。そこには、あのクリスタルパレスに再現展示された恐竜、イクチオザウルスとプレシオザウルスが格闘するシーンも描かれている。

「ぼくの目の前にいるのは、古代の海に棲息していた二匹の爬虫類なのだ――」

もちろんこの地下世界は恐竜がいるだけではない。そこにはたとえば、溶岩や水晶が作り出す美しい宮殿のような空間があったり、

ロンドンの鉄道ネットワークは、キャロルの時代、急速に緻密なものになっていき、このような通勤列車の混雑もみられるようになっていた。列車とはいっても蒸気機関車であり、地下鉄の閉ざされた空間を走るときは、煙突にふたをして煙が客車内に入りこむのを防いだ。もちろん、途中で煙突から煙をはき出せるように、地下道の天井にはところどころに穴があけられていた。

蒸気機関車はまさに驚異のマシーンだった。なにしろ、石炭エネルギーを補給しさえすれば永久に、と思えるほど動きを持続することができたのだから、恐るべき物体だったのである。そしてその驚異を生む文字どおりの原動力となる石炭は、まさに「黒いダイヤモンド」という異称にふさわしい価値を持っていた。上の図はエネルギー源となる石炭の採掘風景。

スティーブンソンが発明した蒸気機関車。はじめのうちは、見世物のように客を乗せ円形のレール上を走ってもいた。これがまたたく間に巨大な牽引力を持つ、高速大量輸送機関として、人間の行動形態に大変革をもたらすのである。（ロンドンの科学博物館）

地上で見るのと同じような、いやそれよりも数段美しい海（！）の光景が広がったりしている。地球上の光とは異質の光で照らし出されるその世界はまさに幻想的である。

　地下世界は、そのような想像をかきたてる、華やかな世界でもあったのである。

　アリスが冒険を楽しんだのも、そのような地下世界だった。ほとんどの読者にとっても未知の世界だから、一般向けに出版するときも、アリスに贈った本と同じタイトルでよかったのではないかとも思われるが、「地下の国」は「不思議の国」に書き換えられた。

　この変更には、ジュール・ヴェルヌの『地底旅行』の刊行という事実も背景にあったかもしれない。そのニュースはキャロルや出版社の耳に届いていて、物語の設定や展開はまったくちがうが、題名の類似は避けたいとおもった可能性はある。

　いずれにせよ一般向けには、地下世界のようすをひと言であらわした「ワンダーランド」すなわち「不思議の国」がタイトルとして採用され、結果的には大成功を収めるに至ったのである。

③アリスの魅力

　かくして名作『不思議の国のアリス』は一八六五年に、また『鏡の国のアリス』は一八七二年に、イギリスのマクミラン社から刊行された。『鏡の国のアリス』は作者自身が『不思議の国のアリス』の続篇と位置づけているし、少女アリスをヒロインとしている点をはじめ共通点や類似点も少なくないので、本書ではこのふたつの作品をまとめて示すとき、「アリス・ファンタジー」と称することにする。

　さてこのアリス・ファンタジーだが、イギリスで刊行されてから今にいたるまで、イギリスやアメリカなどの英語圏のみならず、世界各国で翻訳紹介されてきた。ある調査（『翻訳の国の「アリス」』）によると一九九四年時点で一〇〇を超える異なる言語に翻訳紹介されているという。

　日本では一八九九年（明治三二年）にはじめて翻訳が試みられ、それからは次々に翻訳・刊行されるようになる。たとえば、作詞

1865年頃のヴィクトリア女王。この頃大英帝国は産業革命を完成させ「世界の工場」とか「日の没することのない帝国」といわれる全盛期を迎えていた。

大量・高速輸送機関に発展していた蒸気機関車は、当然のごとく、旅行需要を掘り起こし、旅行欲求をかきたてたが、その一方で、水の上にボートを浮かべて、人の力で移動する、ゆったりとしたピクニックも流行していた。『不思議の国のアリス』を生んだ、キャロルとアリスたちの「黄金の夏の日」も、そんなボートのピクニックだからこそ可能だったのである。

あやちやんは、ひどく元氣づいてから云ひました。

「そんなに嬉しいかえ？」

と、女王が訊ねました。

「えゝ、それは嬉しうございますわ。」

と、あやちやんが答へました。

「そんなに嬉しい？　うれしい？　い、い、い、い、いーー、いーー、いーー、いーー、いーー。」

なんだか話半分で、女王の聲はだん／＼妙ちきりんになつて、おしまひには長く／＼ひつぱつて、まるで羊の聲のやうに聞えましたから、あやちやんはびつくりして女王の顔を見ました。

見ると女王は急に羊の毛皮を着たやうに見えました。

「おやッ！」

と、思つて、あやちやんは眼をこすつてからもう一ぺん見なほしました。

あやちやんには、何が何だか
六二

一向わかりませんでした。

自分はいまゝで女王とこんなお店の中で話してゐたのかしら？　それとも今まで話をしてゐた相手は、この帳場の向ふに坐つてゐる羊だつたのかしら？　何べん目をこすつて見ても、あやちやんはまるで合點がゆきませんでした。

自分は、いつかうす暗い小さなお店の中にゐて、帳場のテイブルに肱をかけてゐました。そして、向き合ひの椅子には、年よりの羊が腰をかけて、せつせと編物をしながら、をりをりその大きな眼鏡ごしに、あやちやんの顔をジロ／＼ながめてゐました。

「おまへさん何か買ひたいのかね？」

と、やがて羊は編針を下に置いてあやちやんにかう
「あたし、まだ分らないのよ。」

と、あやちやんはおとなしく羊に返事をしました。

それから、
六三

五六
鏡國《かゞみこく》めぐり（長篇童話）
西條八十
十二、ジャミの日
ダムとヂーがあわてゝ逃げてゆくうしろ姿を、あやちやんはボンヤリ見送つてゐましたが、そのうちあたりはます／＼暗くなり、風がヒユー／＼木の葉を鳴らしはじめました。ものすごい景色のなかにひとりぼつちと殘されて、あやちやんは急にさびしく泣きたいやうな氣になりました。

するとこのとき、どこからか一

1921（大正10）年、雑誌「金の船」（キンノツノ社）に連載された、西條八十の『鏡國めぐり』の一部。『鏡の国のアリス』の翻訳だが主人公の名はアリスでなく和風に変えてあり、あやちゃんという。イラストの少女もやはり和風に描かれている。ただストーリーは原文どおりの展開で、きちんと翻訳されている。これは白の女王（ここではチェスではわかりにくいからか、トランプのダイヤの女王となっている）がアリス（あやちゃん）に乱れた衣裳をなおしてもらっているシーンと、いつの間にか場面がお店の中に変わっていて、女王は羊になり、アリスがとまどっているシーンである。

家としても知られる西條八十も一九二一年（大正一〇年）に『鏡の国のアリス』を『鏡國めぐり』と題し、ヒロインの名前を「あやちゃん」に代え、日本のファンタジーとして、雑誌「金の船」に連載している。ストーリーは原書のとおりで、ていねいに翻訳されているが、ルイス・キャロルの名がタイトル周辺に記されていないので、読者は西條八十のオリジナル作品と思ったかもしれない。

さてその中味だが、たとえばアリスと会話を交わしていた女王がいつの間にか羊になり、雑貨店の女主人として坐っているというシーンは、次のように書かれている。

なんだか話半分で、女王の声はだんだん妙ちきりんになつて、おしまひには長く長くひつぱつて、まるで羊の声のやうに聞えましたから、あやちやんはびつくりして女王の顔を見ました。

見ると女王は急に羊の毛皮を着たやうに見えました。

「おやッ！」

と、思つて、あやちやんは眼をこすつてからもう一ぺん見なほしました。

あやちやんには、何が何だか一向わかりませんでした。

自分はいままで女王とこんなお店のなかで話してゐたのかしら？　それとも今まで話をしてゐた相手は、この帳場の向ふに坐つてゐる羊だつたのかしら？　何べん目をこすつて

1927（昭和２）年に文藝春秋社から刊行された『アリス物語』の表紙とトビラ、本文ページの一部。菊池寛と芥川龍之介の共訳で、主人公はアリス。ことさら和風にしたりせず、ストレートな翻訳となっている。チェシャネコもその名のままで登場するし、ウミガメモドキもグリフォンも登場する、本格的翻訳である。イラストとデザインは、表紙もトビラも本文挿絵もすべて平澤文吉で、しゃれたデザインが際立っている。

見てもあやちゃんはまるで合点がゆきませんでした。

あやちゃんの雰囲気はいかにもアリスであるが、最初から日本語で書かれたファンタジーのようにも読める。それもずいぶん面白そうなファンタジーで、西條八十の翻訳のうまさはもとより、アリス・ファンタジーの面白さには、どの国でも、どの時代にも通じるものがあるということを感じさせるのである。

また『鼻』や『河童』などの作者として知られる芥川龍之介も、『不思議の国のアリス』の翻訳に挑んでおり、亡くなったその年（一九二七年＝昭和二年）に、菊池寛との共訳という形で『アリス物語』が刊行されている。

ずっと降って一九七〇年代以降も、高橋康也・迪の翻訳をはじめとして、おそらく英語圏の人々には想像もできないであろう、すぐれた翻訳が次々と試みられ、刊行されてきた。

翻訳ばかりではない。童話や小説、戯曲、詩、舞台、絵画、映像などにも、アリス・ファンタジーの影響を受けた作品が、日本でも少なからず発表されてきた。

たとえば今も根強い人気をもつ、明治・大正時代の詩人・童話作家、宮沢賢治もそのひとりである。

宮沢賢治は『注文の多い料理店』の宣伝広告文に、自ら「イーハトヴは一つの地名である。強て、その地点を求むるならばそれは――少女アリスがたどった鏡の国と同じ世界の中――」と記していて、『鏡の国のアリス』を知っていたことを明らかにしている。また、名作『銀河鉄道の夜』には、主人公のジョバンニが、アリスと同じように「気がついてみると、さっきから、ごとごとごとごと、ジョバンニの乗ってゐる小さな列車が走りつづけてゐた」というシーンが描かれているし、このシーンの中で、車掌が検札にやって来て「切符を拝見します」と言ったりするのも、よく似ている。やはり相当の影響を受けていたのだろう（これについては宮沢賢治研究で知られる天沢退二郎が詳細に考察している）。

　その後も今に至るまで、アリス・ファンタジーは、根強い人気を得てきたが、その人気を支えている要因のひとつに、ヒロイン、アリスの魅力があることは間違いないだろう。

　けっしてかわいらしい存在ではない。むしろ好奇心がめっぽうつよくてとても勇気があり、鼻っ柱もつよく、相手によっては残酷だと感じさせてしまうところもある、恐るべき女の子なのである。

　アリス・ファンタジーの中には、恐ろしげで不気味なキャラクターが登場してくる。そして次々に、おまえはだれだとしつこく問い詰めてきたり、ちょっとした言葉尻をとらえてはいじわるな攻撃をしかけてきたり、アリスの存在そのものを否定するようなことを言ったりする。しかしアリスはどんなキャラクターに出くわしても、結局のところ、びびることなく、へっちゃらである。ひるむことがあるとしても、それは相手の突然の攻撃に一瞬たじろいだだけのこと。次の瞬間には、ナンナノヨ、アナタ！　といわんばかりのきっぱりとしたつよさを見せるのである。

　実際『不思議の国のアリス』では、のっけから自分のからだと同じくらいの大きなネズミを相手に、わざわざネコを話題にして怒らせたりしている。マッド・ティーパーティのシーンでは、まるで常識からはずれた、文字どおりマッドな、つまりおかしな連中相手に、丁々発止の受け答えをして、その連中のハナをあかしたりしている。

　また、やたら「首をはねよ」と叫ぶハートの女王に対しては、少しばかり恐がるふりを

このあたりにいるものはみんな狂っているし、自分も狂っている。だからお前も狂っているなどと、へんな理屈をこねるチェシャネコに対しても、アリスはへこたれることなく堂々としている。

若き日のルイス・キャロル。

するけれど、実はまったく対等にふるまい、最後のシーンでは、なによ、ただのカードじゃないの、お威張りでないことよ！　と決定的な態度を示すなど、積極果敢、実にもうへこたれることのない少女なのである。

　どんな言語に翻訳されても、世界中の少女たちから羨望と憧れの眼差しを向けられるのも当然なのである。

　アリスはかわいいから人気があるのではなく、むしろ「かわいくない」から人気があるというべきなのだ。

④ルイス・キャロルと写真

　さて、このアリス・ファンタジーの作者、ルイス・キャロルとはいったいどのような人であったのだろうか。ルイス・キャロルというのはペンネームで、本名はチャールズ・ラトウィッジ・ドジソン。敬けんなクリスチャンであり、イギリスの名門オクスフォード大学クライスト・チャーチ校で数学の先生をしていた。表向きは謹厳実直な人である。しかしそのような生真面目な顔の裏に、とんでもなく奔放な発想を楽しむ、頭脳明晰で好奇心がつよい、けたはずれにおかしな顔も持っていた。それこそが「ルイス・キャロル」の顔である。そして、アリス・ファンタジーに関してはあくまでもその「ルイス・キャロル」が作者であると、本人も終始、亡くなるまで主張していたので、この本ではよほどの必要が生じないかぎり「ルイス・キャロル」の名で記述していくことにする。

　さて、作者ルイス・キャロルはたしかに子ども（それも女の子にかぎるのだが）が好きで、このアリス・ファンタジーも子どものために書いたものと言っている。しかし「かわいくない」アリスをヒロインにして、自分が本当の自分かわからなくさせたり、どれが夢でどれが現実か、まぎらわしく思わせたりと、相当恐い話を平然と書いている。子どもだからといって容赦しないのである。子どもを楽しませもするが、真正面から向き合う作家だったのである。

　ここで、キャロルの女の子好きについてひと言ふれておきたい。

　二〇世紀の作家ウラジミール・ナボコフと並べてみるとわかりやすいと思う。ナボコフは、ルイス・キャロルに傾倒していた作家のひとりである。ルイス・キャロルからほぼ一〇〇年後に発表した名作『ロリータ』（一九六二年）で、少女をセクシュアルな欲望の対象としてあからさまにとらえ描き出している（そしてここから「ロリータ・コンプレックス」という心理学的用語が生まれたこと

これもキャロルの茶目っ気が発揮された、絵文字入り手紙。1869年に書かれた。楽しい解読だったことだろう。

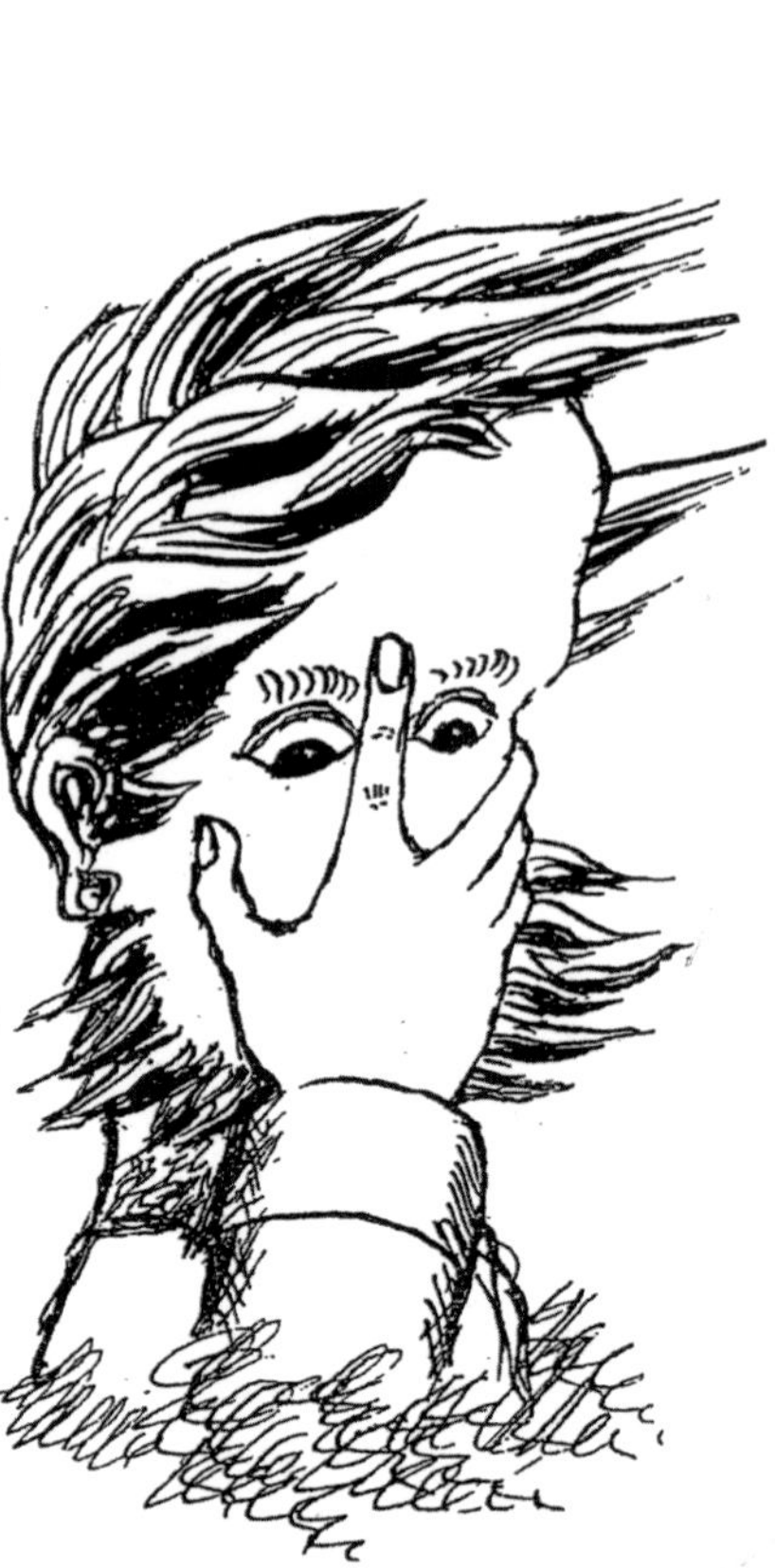

1868年、一少女への手紙に描かれたキャロルの「自画像」である。この手紙でキャロルは「学校で講義をしてるとき、わたしがどんな恰好か、多少はおわかりになるでしょう。ひと筆がきのなぐりがき、ほんの手すさびではありますが、このわたくしに言わせれば、眉のあたりと手の動き、どこか堂々崇高たる趣きありと思います」と書いている。

は周知のとおり）。しかしキャロルにとって女の子とは、ロリータのような存在ではなく、性を超越して親しくなることのできる存在だった。

比喩的にいうと、からだを飛び越して頭脳と感覚を直接触れ合わせる、といいたくなるような接し方であった。だから女の子が「女性」を感じさせ、その「女性」が周囲の男性に、多少なりともセクシュアルな欲望を感じさせるような存在になると、自然と疎遠になっていったのである。

『不思議の国のアリス』のラストシーンで、アリスのお姉さんに、いつまでもこの夢（アリスの見た「不思議の国」の夢）を忘れないでほしいと言わせたのは、アリスが「女性」を感じさせる存在になってほしくないという、キャロルの切なる願いだったのであろう。

この願いはアリスに対してだけのものではなかった。キャロルにはたくさんの少女友だちがいた。ユーモアたっぷりの手紙のやりとりや、ゲームやパズルで遊んだり、食事を共にしたりする少女友だちである。これらの少女友だちにも、いつまでも女の子であることを願っていたから、その多くは「女性」になるとともに遠ざかり、友だちであることをやめてしまうのだった。まして結婚してからも友だちでありつづけることは、至極まれなことであった。

アリス・リデルの場合でさえ、彼女が長じて結婚するとき、その祝宴に招待されたにち

少女アグネス・グレース・ウェルド　1861年ごろの撮影。手前に鳩を配したり、背景に濃淡を作るなど、劇的な効果をねらったと思われる写真。

少女コーツ　1857年頃の撮影だから、キャロルの写真経歴では初期の写真。階段と壁を巧みに利用している。

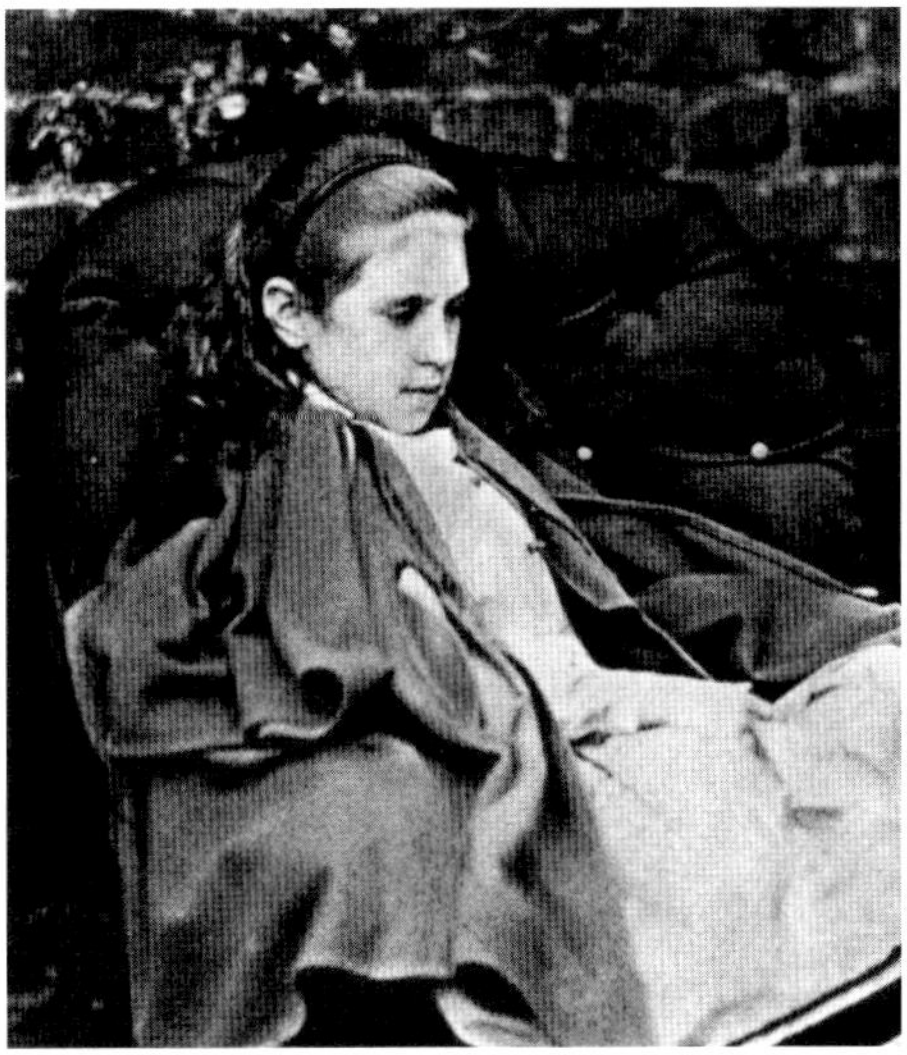

少女メアリー・マクドナルド　1863年撮影。背後の壁と椅子の背が少女の存在を際立たせている。衣裳の濃淡のコントラストも印象をつよくしている。

がいないが、日記に記すこともせず無視したそうだから、キャロルの願いは徹底していたのである。

キャロル自身、生涯結婚することなく、独身であったことは、女の子にいつまでも女の子であってほしいと願ったことの切実さを物語っているのではないだろうか。

そして、これはルイス・キャロルを語るときに絶対に見逃せないことなのだが、キャロルは写真愛好家でもあった。これについては後の章（１００ページ）で詳しくふれるが、写真というメディアが開発された、その黎明期に、ルイス・キャロルはこの「写真術」に取り組み、数々の傑作をものにしているのである。愛好家という表現から連想されるような単なるアマチュアではなかった。写真術の先駆者のひとりといっても過言ではない。

しかもこの写真術たるや、何しろ今のアナログ写真術における「フィルム」作りから現像・焼付けまで、すべてひとりでやってのけるのだから、半端な術ではない。それに、何もなかったガラス板に、さっきこの目で見た現実が像として浮かびあがるのだから、ほとんど手品的魔術、マジックでもあった。

当然ここにも少女友だちが関わってくる。彼女たちは被写体になると同時に、この魔術をともに楽しむ存在でもあった。

アリス・リデルの次のような回想は、キャロルにとってこの魔術がどれほど深い意味を持っていたかを教えてくれる――

少女アグネス・フローレンス・プライス　1864年の撮影。壁によりかからせ、足を楽に組ませて姿勢の安定を図っている。衣裳も人形もキャロルの演出を感じさせる。

写真撮影よりもさらにわくわく興奮したのは、暗室の中に入るのを許されて、ドジソンさん（ルイス・キャロル）が大きなガラスの感光板を現像するのをじっと見ていることでした……暗室というのはとても神秘的で、わたしたちは当時どんな冒険でも起こりうるんだという気持ちになったものでした！


ここからは、現実世界とはちがうもうひとつの世界を現出させて楽しむ、キャロルの姿が浮かびあがってくる。

写真術を別世界、すなわちアナザーワールド創出の魔術として楽しむこのような感覚は、現実の空間に虚構世界をつくり出す「芝居」への熱意と重なる。キャロルは芝居好きでもあった。

これについても１００ページ以降で詳しくふれているが、生半可な芝居好きではなかった。当時、シェイクスピア作品に欠かせない役者として名を馳せていたエレン・テリーという女優に対しては、その子役時代からファンであり続けた。直接会うようになってからは、身近な人たちに恋を噂され結婚を期待されるほど、親しくなっていた。

そして晩年には、アリス・ファンタジーのオペレッタで主役のアリスを演じた、アイザ・ボウマンという少女俳優とかなり親しくなっていた。より正確に記すと、親しくなっていたアイザ・ボウマンを、アリス役として演出家に推薦し、さらに親密になっていった。一八八九年に発表した長篇小説『シルヴィーとブルーノ』の冒頭に、その名前を巧みに織り込んだ詩（アクロスティックというキャロル得意の技法である）を掲載したほどである。

ちなみにこのアイザ・ボウマンについては、残念ながらキャロル自身が撮影したポートレートがない。アイザと知り合ったときすでに、キャロルは写真術を手放していたからである。

こうしてみてきただけでも、キャロルが現実世界の中で、その世界の大きな秩序に呑み込まれてゆく「女性」を苦手としていたのも、うなずけない話ではない。魔術がつくり出す

キャロル撮影のアリス・リデル。これがその最後の一枚となった。

乞食の扮装をしたアリス。1850年代後半にキャロルが撮影した写真。

アナザーワールドを素直に受け入れて楽しむ少女たちのほうに親近感をおぼえ、愛と関心を寄せていったのも当然だろう。いっぽう少年たちはというと、おとなになる前からすでに現実世界の秩序を感じさせ、アナザーワールドからは遠い印象を与える存在だったのかもしれない。

いずれにせよ、キャロルが少女たちと、魔術がつくり出すアナザーワールドをとことん楽しもうとしつづけたことは確かだ。

撮影などで遠出するときは、ばったり出会うかもしれない少女をよろこばせるための、さまざまなパズルや遊び道具を持参していたが、これは魔術を演出するための小道具にほかならなかった。こうしたものを持ち歩いていたというのは、いかにもルイス・キャロルらしいエピソードなのである。

『不思議の国のアリス』の原型であった『地下の国の冒険』を手書きの文字とイラストで作りあげたのも、魔術好みという見方からすると、いわば、魔術でつくり出される舞台の、絵入り台本をていねいに仕上げたようなもので、ルイス・キャロルにとっては大いなるよろこびであったにちがいない。

ルイス・キャロルは、名門オクスフォード大学の一員という謹厳実直な一面のほかに、このような魔術、あるいは魔術的なこと、もっと広くいえば不思議なことであれば何にでも関心を持つ、型破りのタイプだったのである。晩年にはスピリチュアルな世界にも興味

オクスフォード大学クライスト・チャーチ遠景（1849年）。

クライスト・チャーチには植物園もあるが、ここの花壇は『鏡の国のアリス』でアリスが出会う、ひなげしたちの花壇を彷彿とさせる。アリスにもなじみぶかい植物園だったのだろう。

クライスト・チャーチのトム・クワッド。キャロルの自室はこの建物の一部にあり、かつてこの屋上の一隅に写真スタジオが設けられていた。

オクスフォード大学クライスト・チャーチ校は、キャロルとアリスにとって思い出がたくさんつまった場所である。キャロルにとっては教師や図書館の副司書として日々を過ごした所であり、アリスにとっては、自分の父親がここの責任者だったので、家族と一緒に日夜を送り、学んだり遊んだりした地域なのである。

クライスト・チャーチ入口のすぐ前にある「アリス・ショップ」（写真中央）。実はこのクラシックな雰囲気を持つ建物はキャロルの時代にもあって、『鏡の国のアリス』で羊に化身するおばあさんがいた、小間物店のモデルとなっている。アリスも知っていたこの建物が、今、アリス・グッズなどを扱う専門店になっているとは、アリスもびっくりだろう。

A boat beneath a sunny sky,
Lingering onward dreamily
In an evening of July—

Children three that nestle near,
Eager eye and willing ear,
Pleased a simple tale to hear—

Long has paled that sunny sky:
Echoes fade and memories die.
Autumn frosts have slain July.

Still she haunts me, phantomwise,
Alice moving under skies
Never seen by waking eyes.

Children yet, the tale to hear,
Eager eye and willing ear,
Lovingly shall nestle near.

In a Wonderland they lie,
Dreaming as the days go by,
Dreaming as the summers die:

Ever drifting down the stream—
Lingering in the golden gleam—
Life, what is it but a dream?

『鏡の国のアリス』の跋詩（末尾に書かれた詩）の原文。各行の最初の文字を連ねると、アリスの、ALICE PLEASANCE LIDDELLというフルネームが浮かびあがってくる。

ウミガメモドキはウミガメスープに似せたウシのスープから生まれたキャラクターだから、イラストでは頭部と後脚と尾がウシとして描かれている。しかし全体の印象としてはやはりウミガメで、そのアイデンティティの弱さを嘆くのも無理はない存在なのである。

を持ち、設立されたばかりの「心霊研究協会」に加入するなど、不思議なことに対する関心は、年を経ても衰えるどころではなかったのである。

⑤アリス・ファンタジーのキャラクター

アリス・ファンタジーでヒロインのアリスは、いろいろな苦難や驚くべきことどもに直面するのだが、この物語の最初の聞き手であったアリス・リデルたちは、そのことを恐れたりいやがったりせず、むしろ興味津々、大いに楽しんで盛りあがった。

　キャロルのストーリーの作り方はもとより、ひとつひとつのシーンを面白く聞かせる語り口やキャラクターの作り方が面白かったのである。

　しゃれはもとより、わざと意味を取り違えてまぜっ返す会話や、まじめな歌をふざけた歌にしてしまうパロディなど、ことば遊びがふんだんに盛り込まれ、そこからユニークなキャラクターさえ生み出されている。

　ことば遊びから生まれたキャラクターとしては、たとえばウミガメモドキ mock turtle がいる。これはウミガメスープ turtle soup に似せた（mock）ウシのスープの名称 mock turtle soup から、あたかもスープの素材として mock turtle という生き物が存在するかのように誤解してみせ、そこから作り出したキャラクターである。

チェスのキャラクター。赤の女王がこんなに速く走るのは、チェスのクイーンが、マス目を飛ばして縦横に動けるからだ。

ほかにも、チェシャネコや、マッド・ティーパーティに登場する、狂った帽子屋や三月ウサギなどは、当時流布されていた慣用句から生まれている。

「チェシャネコのようにニヤニヤ笑う」とか「帽子屋のように狂った」「三月ウサギのように狂った」といった慣用句である（もっとも帽子屋については、オクスフォードの街に、テニエルの挿絵に似た風貌の、おかしな自称発明家がいて、それなりに有名だったというから、そのイメージも重ねられているらしい）。

キャロルはもともとこうしたことば遊びが得意で、そもそもルイス・キャロルというペンネームからして、チャールズ・ラトウィッジ・ドジソンという本名をラテン語読みにしてから、その文字順を適当に入れ替え（アナグラムということば遊びの方法である）、それを英語に直したものである。

アクロスティックといわれる「折句」も得意ワザのひとつだった。これは、詩などの各行の最初にくる文字をつなぎ合わせると人の名前など、意味のあることばが浮かび上がってくるというもので、キャロルは親しい少女たちの名前を折り込んだアクロスティックを数多く作っている。アリス・リデルの名も『鏡の国のアリス』の末尾に、跋として書かれた詩にそのフルネームが折り込まれている（25ページ）。

ところで『不思議の国のアリス』のメイン・キャラクターのひとりにハートの女王がいる。めったやたらと「首をはねよ」と死刑宣告をし、傍らにいる王でさえこの女王の前

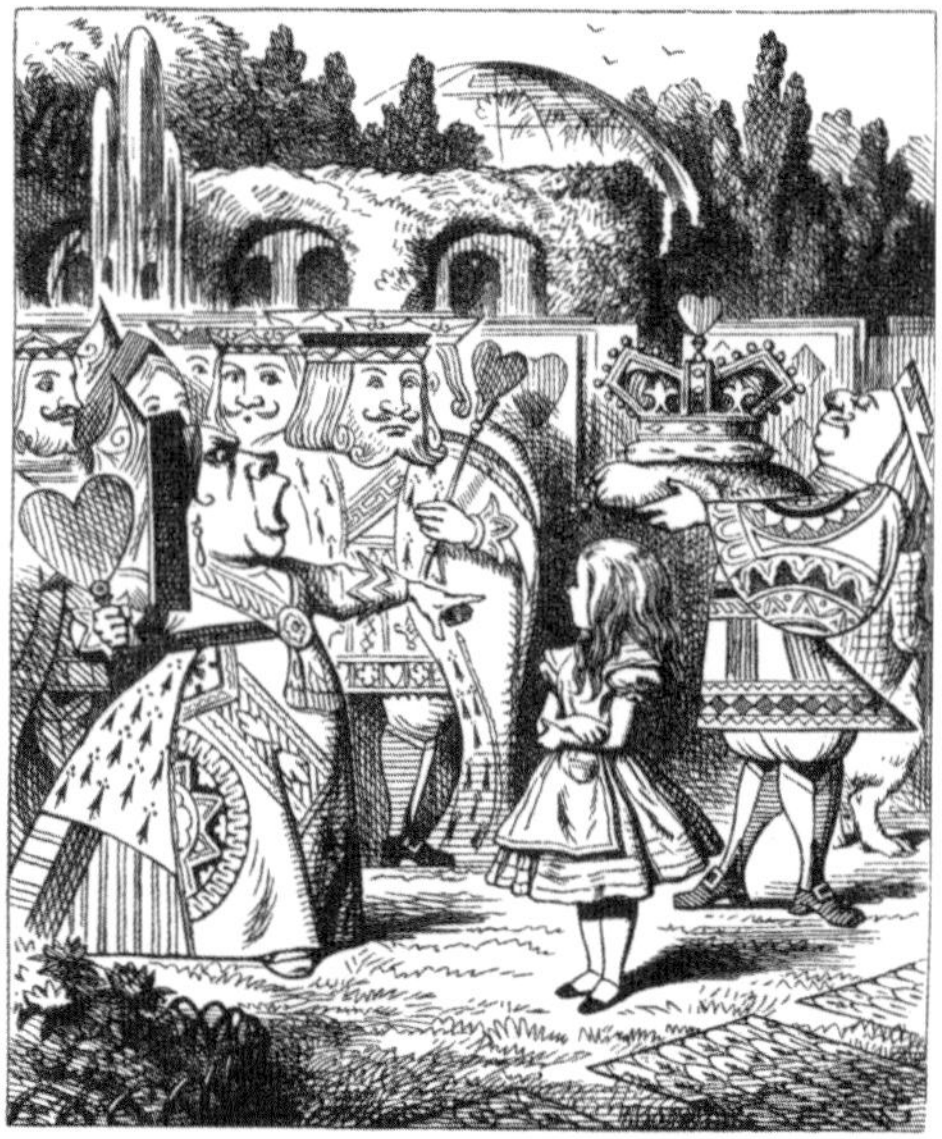

トランプのキャラクター。やたら威張っているハートの女王（左）も、最後にはアリスに、たかがカードじゃないの、と言われてしまう。

マザーグースの童謡でハンプティ・ダンプティは、塀の上から落っこちて元に戻らないと歌われ、そのナゾナゾの答えは卵とされている。この姿はまさに卵そのものである。

諷刺雑誌「パンチ」の名編集者としてテニエルとも親しかったトム・テイラー（1863年キャロル撮影）。劇作家でもあり、キャロルに女優のエレン・テリーを引き合わせた人。キャロルにとって大きな意味をもつ友人だった。

ではびくびくしているという、恐怖の女王である。

この女王、実はトランプのハートのクイーンなのであって、王はハートのキング、王子はハートのジャック、そして家来たちもトランプに手足をつけたキャラクターとして登場している。

また『鏡の国のアリス』ではチェス（日本の将棋によく似たゲームだが、駒が立体的に作られている。たとえば将棋の「桂馬」にあたるナイトは馬をイメージさせるし、将棋の「王」にあたるキングは、その通り王をイメージさせる造形物である）の駒、なかでもクイーンが、アリスにとって大きな意味を持つキャラクターとして活躍している。

アリス自身も駒となり、ポーン（将棋の「歩」にあたる）からクイーンになるまでチェス盤の上を敵陣めざして進むのである。その途中で白の騎士のような、駒から生み出されたキャラクターに出会ったりもする。

このようにアリス・ファンタジーでは、トランプとチェスというひじょうにポピュラーなゲームが大きな役割を与えられ、そこから主要なキャラクターが作り出されているのである。

また、アリス・ファンタジーには歌がよく出てくる。たとえば『不思議の国のアリス』の中で、アリスがウミガメモドキやグリフォンというキャラクターに出会うシーンでは、タラがカタツムリを踊りに誘うおかしな歌をウミガメモドキが歌ったり、アリス自身は教訓的な真面目な歌を歌っているつもりなのに、実際に声に出したのは、ロブスターとフクロウとヒョウが登場するおかしくて残酷な歌だったり、なんともにぎやかである。

このような歌、それも「マザーグース」など多くの子どもたちが知っている童謡からも、いろいろなキャラクターが作り出されている。たとえば『鏡の国のアリス』に登場するハンプティ・ダンプティやトゥイードルダムとトゥイードルディーの双子などはそうしたキャラクターの代表的存在である。

ハンプティ・ダンプティはマザーグースで歌われているとおり、卵の形をした、ずんぐりむっくりの紳士（?）で、歌詞のまま、塀の上に腰かけている。そして通りかかったアリスと、言葉の専門家然とした態度で複雑にしてあやしげな問答をする。そのあとは、歌われているとおりに塀から落ち、王様が派遣したたくさんの兵士や馬がどどっとかけつけるのである。

トゥイードルダムとトゥイードルディーのほうは、ケンカをしても、それが歌のとおりなので、アリスには、次にどんなことが起きるか、すべて読めてしまう。「おりもおり黒きことタール桶さながら　怪物ガラスが舞い

①

②

ジョン・テニエルは諷刺雑誌『パンチ』の主要イラストレーターであり、当然世相や政治情勢に皮肉をきかせたイラストを多く描いていたが、このイラストのように動物をリアルに描くことも得意だった。政治家や国家などを動物に戯画化して表現したのである。
①は1857年８月の、②は1853年４月の「パンチ」に掲載されたイラスト。また③は、やはり「パンチ」に掲載された、「競馬場のクモに捕らえられたハエたち」と題されたイラストである（1868年７月）。

③

おりて」ダムとディーを驚かせるのも、アリスにはお見通しだった。

　アリス・ファンタジーには、これまで見てきたように、ことば遊びから生まれたキャラクターやら、ゲームや歌から生まれたキャラクター、それにキャロルとアリスが生きていた時代に共通の話題となりえたような変わった人たちなど、実にいろいろなキャラクターが登場し、その中心に実在のアリス・リデルをキャラクター化したアリスがいる。

　このような、その出身（出自）や姿かたちが多彩なキャラクターのひとつひとつ（ひとりひとり）に、しっかりした線描で強いイメージを与え、一〇〇年以上経た今も、読者にありありとそのすがたを思い浮かばせてしまうという、魔術的なワザをふるったのは、さし絵を担当したジョン・テニエルである。

　ルイス・キャロルも、自筆本に自らイラストを描いている。これも奇妙な味わいを持つイラストなのだが、一般向けに印刷・刊行するにあたって、当時、第一級のメディアと目されていた風刺雑誌「パンチ」の主要イラストレーターだったテニエルに、オリジナルのイラストを依頼したのである。

　まだ無名のファンタジー作家とジョン・テニエルという組み合わせは、まさに意表を突くものだったにちがいない。というより、よくもまあテニエルほどのイラストレーターが、少女を主役とした、無名作家によるファンタジーのイラストを引き受け、とりかかったものである。作品を読んでふかく感じるところがなければこうはいかなかっただろう。しか

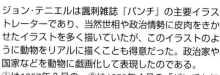

1853年の「パンチ」に描いたテニエルのイラスト。玄関のアーチが、下の図（『鏡の国のアリス』）のアリスを迎える玄関のアーチとそっくりである。

すでにキャロルから『不思議の国のアリス』の挿絵を依頼されていた1864年の「パンチ」から。アリスとしか思えない少女がイングランドの象徴であるライオンに花輪をかけている。

左はジョン・テニエルの自画像（1895年）。下の図の『鏡の国のアリス』に登場する白騎士のモデルという説があるが、この絵を描いていたときのテニエルは、自画像より30歳も若く、髪もふさふさしていてそれほど白騎士には似ていなかったという。

し、そもそもこの人にさし絵を依頼するというのは、ルイス・キャロルの友人、ダックワースのすすめだったという。

ジョン・テニエルは、「パンチ」のイラストレーターとして、皮肉をたっぷりきかせた絵が得意であり、そのために著名人を動物に似せて描いたりするパロディもお手のものであり、なによりも動物を上手に描けるイラストレーターでもあった。こうしたすべての要素が、『不思議の国のアリス』のイラストレーターとしてジョン・テニエルを思い浮かばせたのだろう。

ルイス・キャロルもダックワースのアイデアを受け入れ、「パンチ」の編集者トム・テイラーもこの案に賛同したのだろう、キャロルにテニエルを紹介し、やがて歴史上まれな、絶妙のコンビが生まれることになる。こうした幸運な経緯を経て、アリスたちは具体的に

イングランドのライオンとスコットランドの一角獣が向かい合っているテニエルのイラスト。『鏡の国のアリス』に登場する両者とよく似ている（89ページ参照）。1853年の「パンチ」より。

描き出され、そのイメージでこの世に飛び出し、今なお世界じゅうで跳びはねているのである。

　結局のところジョン・テニエルのイラストレーションは、キャロルの描いたイメージに限りなく近いものであることは確かである。それ以降も世界中でたくさんの画家・イラストレーターがアリス・ファンタジーを描いてきたが、作者キャロルが認めた、テニエルのイラストレーションを意識から取り除くことはなかなか困難なようで、どこかにテニエル・イメージといったものが感じられるイラストレーションになってしまう。

　また読者にとってもテニエルのイラストから受ける印象があまりにも強く、たとえば、四〇年も経てから描かれた、アーサー・ラッカムの挿絵が、それまでのイメージを壊すとして非難にさらされている。その時代のトップ・イラストレーターのラッカムにして然りだったのである。ちなみにラッカムはこれに懲りて『鏡の国のアリス』の挿絵依頼に頑として応じなかったという。

　さて『鏡の国のアリス』のほうだが、『不思議の国のアリス』刊行から六年ほど経た一八七二年に刊行された。このファンタジーのイラストレーションは、はじめテニエルでない画家にとも思ったというが、やはりテニエルに依頼することになった。このときテニエルは他の出版社の仕事をしていたため、それに対する補償を申し入れてまで、キャロ

「パンチ」に描いたテニエルのイラストには、アリス・ファンタジーの挿絵とイメージがどことなく重なるものも少なくない。これは『鏡の国のアリス』が刊行される前年、「パンチ」に描かれた「巨大なセイヨウスグリ」。顔つきといい服装といいハンプティ・ダンプティによく似ている。このハンプティ・ダンプティは別のパロディにも登場する（下、1878年７月の「パンチ」）など、テニエルお気に入りのキャラクターのひとつだった。

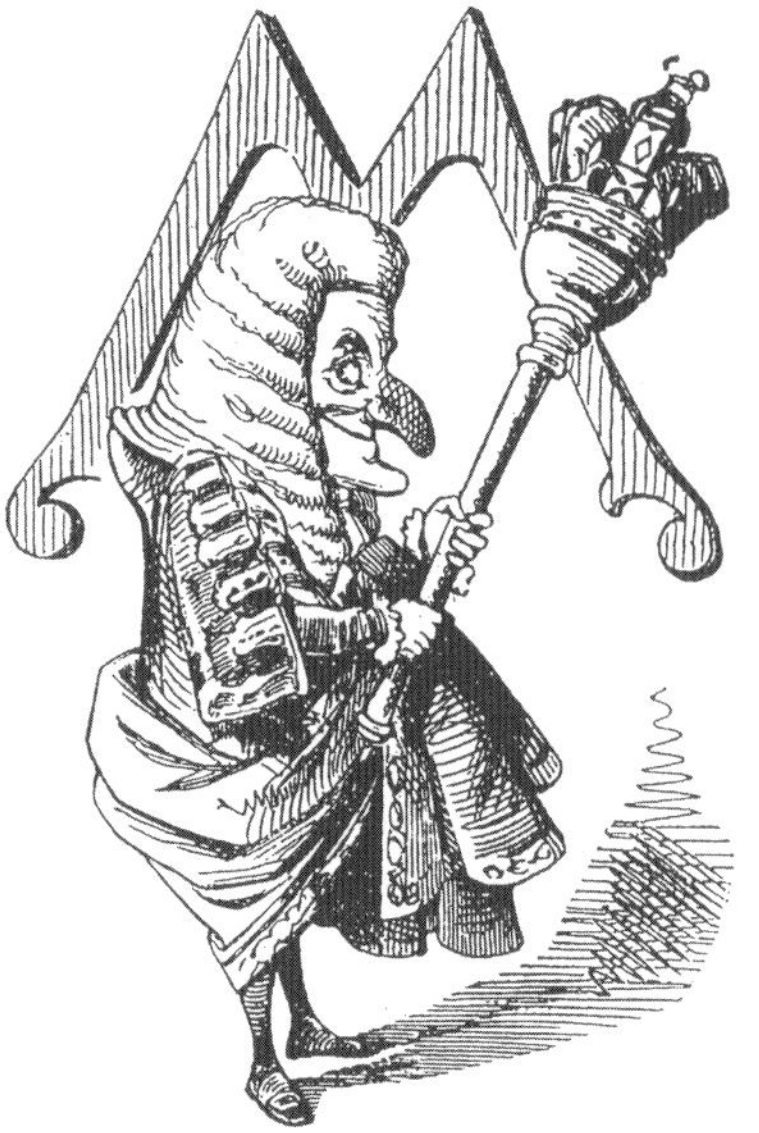

上のイラストは1857年5月に「パンチ」に掲載された、文字パロディのひとつで「M」。この王らしき男の顔と髪は、『不思議の国のアリス』でアリスを問いつめる哲学者風の青虫（左の図）によく似ている。青虫はもっと向こうを向いているのだが。

テニエルは「パンチ」のみならず、挿絵画家としても活躍していた。この上、下2点のイラストは、19世紀前半アイルランドの詩人トマス・ムアの代表作のひとつ『ララ・ルークー――東洋のロマンス』という詩的物語（1817年刊）の、1861年版に付けられたテニエルの挿絵。ファンタジックな雰囲気をかもし出している。

ルはテニエルを確保しようとした。

そしてテニエルがこれを描いたことにより『鏡の国のアリス』は『不思議の国のアリス』の「続篇」としての位置づけを一層明瞭にした。

実際いま「アリス・ファンタジー」とひとくくりにして違和感がないのも、テニエルのイラストレーションによるところが少なくない。

テニエル自身もまたその名を、アリス・ファンタジーとともに歴史にふかく刻み込むことができたのである。

第1章 アリスの「不思議の国」へ

『不思議の国のアリス』を読む

1 ウサギ紳士に誘い込まれたアリス、深い穴を落下

アリスを不思議の国に誘い込んだのはシロウサギである。それもジャケットを身につけ、チョッキのポケットから懐中時計をとり出すというジェントルマンぶり。さらにさらに、大変だ、遅れてしまう、とつぶやいて走り去った。もちろんアリスが好奇心もあらわに自分のほうに目を向けてくること、そして追ってくるであろうことは計算ずみだったと考えるべきだ。

奇妙といえばあまりに奇妙なウサギの登場に、いったんはぼう然とこれを見送ったアリスだが、ナアニ？　このウサギは！　と、もちまえの好奇心を発揮し、たった今まで一緒にいたお姉さんのことなどあっさり忘れてウサギのあとを追う。

当時の懐中時計は、もちろんクオーツなどではなく機械式の手づくりという高級品だから、これを携帯していることは上流階級の一員であるあかし、つまりステータス・シンボルのひとつ。その懐中時計を持った、ジェントルマンなのだ。あとを追うのにそれほど不安は感じなかったのだろう。

もちろんジェントルマンといえどもワルは少なくないから、要注意なのだが、アリスは冷静に好奇心を抑えられるタイプの少女では

キャロルとアリスが遊んだオクスフォード大学クライスト・チャーチでウサギを見かけることは珍しくはなかったし、ウサギが穴に飛び込むのもべつに驚くようなできごとではなかった。だからこそ、このようなジェントルマン然としたウサギが視界に入り、しかも時計を見て「大変だ、遅れてしまう」などとひとり言をいって走り、穴に飛び込むのを見れば、アリスならずとも好奇心を大いに刺激されるだろうし、アリスがウサギに続いて穴に飛び込んだ（よく飛び込めた、などとよけいな詮索をやめて）としても、誰がそのことを非難できるだろう。
ところでこのウサギは、アリス・ファンタジーの中で姿を変え、ようすを変え、しばしば登場しており、たいへん大きな役割をになうキャラクターである。

なかった。
迷うことなくウサギ紳士のあとを追い、ウサギ紳士が垣根の下のウサギ穴に飛び込んだのを見て、ためらわずアリスも飛び込んでしまった。ところがこれがとてつもなく深い穴。しかしこの深い穴こそ不思議の国に通じるトンネルだった。

この不思議の国へのトンネルは、一瞬にして通り抜けられる類いのものではなく、果てしなく深く、まるで地球を突き抜けてしまうのではないかと思えるほどだった。対蹠地（アンティポディーズ）という地球の反対側には、想像を絶するおかしな世界があるということは、アリスもうすうす聞き知っていたが、そこがどんな世界であるかを考えるよりも、どんどん、しかもゆったりと落ちてゆく、その状態を楽しむアリスだった。

「こんなにすごーく落っこちれば、これからはもう階段から落ちるのなんか、へいちゃらよね！」などという危険な考えを起こすほどの余裕ある墜落である。途中、ひざをまげておじぎをしたりすることもできるくらい。これはもうほとんど宇宙遊泳である。空を舞う鳥になったようなもので、こういう墜落なら誰でも歓迎だろう。

しかし墜落途中でちょっと寂しくなってきたアリスは、自分の飼いネコのダイナがここにいてくれればいいのにと思う。でも空中にはダイナの好物であるネズミがいないから困るだろうなと案じてしまう。でもここは穴の中。コウモリはいるにちがいない。すると問題は、ネコがコウモリを食べることができるかどうかだ。

「ネコはコウモリをたべるか？」

アリスがこの疑問を繰り返しているうちに、ネコとコウモリの関係がいつの間にか逆転、問題は「コウモリはネコをたべるか」に化けてしまう。Do cats eat bats? という疑問が、cat（ネコ）と、bat（コウモリ）の発音が似ているので、ついに入れ替わり、Do bats eat cats? になってしまったというわけだ。

なかば夢うつつ状態のアリス——

アーサー・ラッカム挿絵の『不思議の国のアリス』から、冒頭の「献詩」のところにつけたイラスト。ラッカムは20世紀初頭の、挿絵本の「黄金期」を代表するイラストレーターだった。

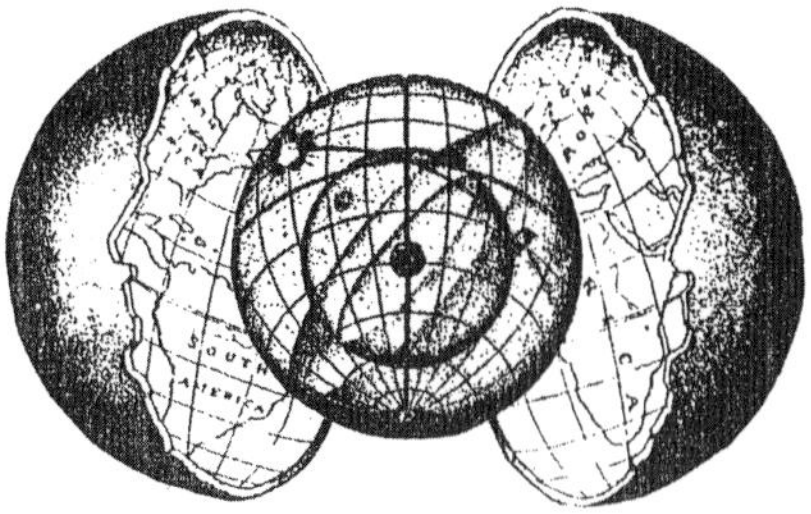

地球の内部にもうひとつの空間があり、そこには動物も、人間のようなものも存在しているとする「地球空洞説」——この地球空洞説は、19世紀半ば以降、北極探検が盛んになるとともにリアリティをもって論じられるようになっていた。アリスの落下空間と、落下してからの不思議の国の存在は、この地球空洞説とも重なり合うところがある。図は、1906年に発表された、アメリカのウイム・リードによる地球空洞説のイラストである。

地球の反対側（対蹠地、アンティポディーズ）には、このような奇妙な人たちが住んでいるという考えもあった。アリスがずんずん落ちているときに、このような存在（たとえば「頭を下にして歩いている人」）を思い浮かべたのも無理はないのである。

コウモリをたべたことがあるか、と夢の中でダイナにたずねたところで、ドスン！

2 いきなり小さくなったアリス

やっと墜落が終わった。宇宙遊泳のようなゆったりした墜落だから、ケガすることもなく、アリスは直ちに活動を開始する。そこは長くのびる広間で、両側にはたくさんのドアがついている。不気味でさびしげなところだが、アリスは平気である。広間にテーブルがぽつんとあり、そのテーブルの上に金色の鍵が置いてあるという不気味さにも、アリスは動じない。それどころかさっそく金色の鍵を手にして、つぎつぎとドアの鍵穴に差し込んで歩く。積極的なのである。

やっとぴたっと鍵がはまるドアがあって、そこをあけると、狭い狭い通路の向こうに明るくいろどりも豊かな庭が見えた。ちょうど望遠鏡をさかさにのぞいたときのようで魅惑的なのだが、その庭へ行くにはどう考えてもアリスの体は大きすぎる。

どうすればいいのか、と困ったアリスは、テーブルの上に「DRINK ME」と書いてあるびんを見つける。「ワタシヲ　ノメ」だって！　こんなあやしげなびんの中身は普通なら飲まない。アリス自身もいったんはためらっている。「毒薬」と記されていないかどうかたしかめなくては。ところがどこにも「毒薬」と記されていない。だから大丈夫——ずいぶんあぶなっかしい判断だが、このときまでにアリスが体験したことは、普通でないことばかり。だからここで何が起こっても平気だわ、というのがアリスの大胆な考えで、もはやためらいはない。

アーサー・ラッカムのイラストでは、ウサギが飛び込もうとする穴は、いかにも深そうで底知れない感じである。

思い切ってひと口飲んでみると、これがおいしい。それで一気に飲みほしてしまうのである。

するとアリスはみるみる縮んで、わずか三〇センチほどの身長になってしまう。まるでその通路に入りなさい、庭にいらっしゃいといわんばかりの奇妙なできごとだが、アリスはすでに何かが起こることを覚悟していたから、わが身が急速に縮むというアクシデントにも、それほど驚くことなく、素直に受け入れることができた。

ちなみにこのあともアリスは、不思議の国で何度も伸びたり縮んだりする。

とりあえず、不思議の国のアリスが体験する伸び縮みを、かんたんにまとめておこう。

「ワタシヲ　ノメ」とは、なんともおかしなラベルだが、この頃は飲み水の質が問題とされることも多々あり、自信をもって自ら飲むのを勧める飲み物を存在させたのは、時代に対する皮肉でもあったのではなかろうか。

①DRINK MEと書いてある液体を飲んで縮む。身長三〇センチに。
②EAT MEと書かれているケーキをたべて伸びる。身長三メートルに。
③ウサギがもっていた扇のせいで縮む。身長六〇センチ以下に。
④ウサギの家にあった飲み物を飲んで伸びる。身長おそらく三メートル以上。
⑤小石から変化したお菓子をたべて縮む。たぶん身長三〇センチくらい。
⑥きのこを少しずつたべるが、急速に縮み、あごが足に当たる。つまり頭の大きさイコール体の大きさ。
⑦もう一度きのこをたべると急速に伸びる。特に首が、木の上に突き出してしまうほどに伸び、ヘビと間違えられる。
⑧きのこのたべ方をくふうして本来の身長にもどる。
⑨公爵夫人の小さな家に入るために、きのこのかけらをかじって縮める。身長三〇センチ。
⑩三月ウサギの家に入るために、きのこのかけらをかじって、先ほどの倍くらい（身長六〇センチ）に伸ばす。
⑪いちばんはじめにいた広間にもどり、狭い通路を通ってゆくために、きのこをかじって再び縮める。身長三〇センチ。
⑫裁判所でとつぜん大きくなりはじめ、本来の大きさにもどる。

ずいぶんと伸び縮みするものだが、特に後半はきのこのかじり方によって、伸び縮みを自分でコントロールできたのだから、どちらかというとわくわくするような体験だったかもしれない。

3 ネコの話をしてハツカネズミを怒らせたアリス

さて、明るい庭へ通じるドアを通れるほどには小さくなったものの、テーブルに手が届かなくなったために、かんじんの黄金の鍵を手にすることができなくなってしまったアリス、テーブルの下にお菓子を見つけた。これには「EAT ME」と記してあった。「ワタシヲ　タベヨ」というのだからここでも素直にそのお菓子をつまんで食べると、今度は大きくなりすぎてしまった。自分の大きさが定まらず、しかも自分の思うようにならないことを知って、これまで経験したことのないような不安な気分におちいり、思わず泣き出してしまった。無理もない涙だ。

　ところが、大きくなったアリスの涙の量は半端ではなかった。広間はたちまちプールのような水たまりになってしまい、そのあとウサギの扇のせいで再び小さくなったアリスは、この水たまりにジャボン！

「あんなに泣かなければよかったわ！　きっとその罰で、こうして自分の涙におぼれるのよね！」

　殊勝な反省ぶりであるが、だいたい泣いているときから、さあアリス、泣いちゃだめよ、

この時代、汽車に乗って海水浴へ行くというのは最先端のレジャーであり、子どもたちにとってすいすい泳ぐというのは、あこがれの行動だったと考えられる。しかも服を着たまま泳ぐなんて、まさしくファンタジックなことだったのだ。

と自分にいいきかせる、そういうしっかりしたところもあるアリスなのである。しかもいつの間にか、海水浴に行ったときのことを思い出しながら、泳いでいる。

　そうしていると、向こうからも泳いでくるものがいる。セイウチかカバかしらと一瞬アリスは思うのだが、それはハツカネズミだった。

　どうしてセイウチかカバだと思ったのかというと、自分が小さくなっていることを忘れて、自分ほどの大きさの動物が、それ以外に思い当たらなかったからだ。それにこの頃、動物園のセイウチもカバも人気者だったので、いつかは見たいものだという気持ちがつよくあったからかもしれない。あるいはカバならヒポポタマスという英語名が面白いという、それだけの理由で一瞬登場したのかもしれない。いずれにせよ、この涙の池には、セイウチもカバも大きすぎて似合わない。

　さてアリスはさっそくハツカネズミに呼びかけてみるのだが、鈍い反応しか返ってこない。おかしい。どうしてかしらとアリス。ここでのアリスの考えがなかなかユニークで、もしかしたら英語が通じないのではないかと考えたのである。そしてこのハツカネズミはフランスのハツカネズミであるにちがいない——それならばと、アリスが学校で使っているフランス語教科書のいちばんはじめにのっている文を、その意味をふかく考えることもなく声に出した。

ネズミとどっこいどっこいの大きさに縮んでしまったアリス。

Où est ma chatte？——ウ・エ・マ・シャトゥ？　わたしのネコはどこ？

　これにはハツカネズミも水からはねあがるほど驚いた。アリスは、フランス語であれ英語であれ、ネズミに向かってネコの存在をほのめかした自分のうかつさをあやまるのだが、これはその場かぎりのこと。ハツカネズミとの話のなかで、すぐに自分の飼いネコのダイナをほめたたえ、せっかく親しくなりかけたハツカネズミをいやな気分にさせてしまった。

　これを見てアリスは、もう私たち、ダイナの話はやめましょうか、といって、ハツカネズミの怒りを買うことになる。

　We indeed！——私たちだって！

それはそうだ。ハツカネズミからすれば、私たち（We）だなんてとんでもない。ネコの話をしようなんて、ハナから考えてもいなかったのだから。

ところで結局このハツカネズミ、英語に堪能で、はじめのうちアリスとは話したくなくてとぼけていたのかもしれない。しかしちょっと知っているフランス語でネコが出てきたので驚き、いつの間にかアリスのペースにはめられてしまったといったところだ。

さてこのハツカネズミだけでなく、いつの間にかサルやらアヒルやら、いろいろな動物たちが涙の池で泳いでいる。そしてどうやらこうやら全員、アリスといっしょに岸に泳ぎつき、さっそく体を乾かす方策を練りはじめた。

まずはハツカネズミによる、無味乾燥な話で体を乾燥させようという提案。しかしこの話たるや歴史の授業そのままの堅い話で退屈なだけ。どうやら体を乾かすことにはならないようだった。

そこでドードーという巨鳥が「コーカス・レース」なるものを提案した。

ヨーイ・ドンもへったくれもない。ただ描かれた円に沿って走り出し、すっかり体が乾いた頃に、競走が終わるだけ。まことに変わったレースだが、体は確実に乾いた。しかも勝ち負けなしの全員優勝。ドードーに促されてアリスは参加者全員に優勝賞品としてポケットの中のお菓子を配った。アリスにもドードーからごほうびが与えられた。とはいっても、もともとアリスが持っていた指貫（裁縫に使うが、この頃はそれなりに貴重品で大切にされていた）をいったんドードーが受け取り、それを粛々とアリスに与えるという、奇妙な表彰式であった。

ところでこのレースの発案者たるドードーは、インド洋に浮かぶモーリシャス島にかつて生息していた巨鳥で、十八世紀には絶滅。アリスの時代にはすでに幻の鳥であったが、絶滅種としてこの頃話題になっていたので、ここに登場してもおかしくはない。しかも作

いろいろな動物が一堂に会して泳ぎ、また水から上がって体を乾かしている。鳥類やカニたちに囲まれた中心に、ほ乳類のネズミがいて、何やらえらそうに話しているという図から、この時代を騒然とさせたダーウィンの「進化論」の影響を読みとることも可能だ。ノアの方舟に乗り込んだ動物たちがいっせいに自然発生したものだとする、旧来の考えをくつがえした「進化論」は、ネズミが同じほ乳類の人間世界の歴史を語るというストーリーと無縁ではあるまい。

このドードーの姿は、作者キャロルも、また少女アリス・リデルもともに親しんでいたであろう、クライスト・チャーチにある自然史博物館に掲げられたドードー像に生き写しである（10ページ参照）。すでに幻の絶滅動物に対するキャロルの愛惜の思いがこの登場の仕方からも伝わってくる。それにしてもうしろのほうからのぞき込むようにしているサルの存在も気にかかるところだ。物語にはまったく登場してこないのだから。

者ルイス・キャロルが本名（チャールズ・ラトウィッジ）ドジソンを名乗るとき、ちょっと吃るところからドードーというあだ名をもらっていたというからなおさらである。

しかしドードーが登場するのはこのシーンだけ。アリスに指貫をあげたあとは、その運命と同じようにすがたを消す。ドードーことキャロルは、アリスにプレゼントするシーンを作り、あとはそのすがたを物語の背後にくらましてしまうのである。

さてハツカネズミは、自分がCやDがきらいであることをアリスに強く告げる。実はCはCat、DはDogのことなのだが、CatとかDogとか、そういう単語を使われるだけでもハツカネズミはいやなので、それでCとかDとか略して言うのである。

そのハツカネズミのお話はというと、図のようなもの（キャロル自筆）だった。

ずいぶん長いお話――Long tale で、思わず、ハツカネズミの長いしっぽ―― Long tailをイメージしながら聞いてしまった（tale と tail が同じ発音だから）ので、アリスの心の中でこのような形になったのである。

こうして話し終わったハツカネズミや、他の動物たちが去ったあと、ひとり残されたアリスのところへやってきたのがシロウサギである。アリスを不思議の国に誘い込んだウサギ紳士とは別のウサギのようだが、同じウサギがそれぞれの役割を演じている可能性もある。

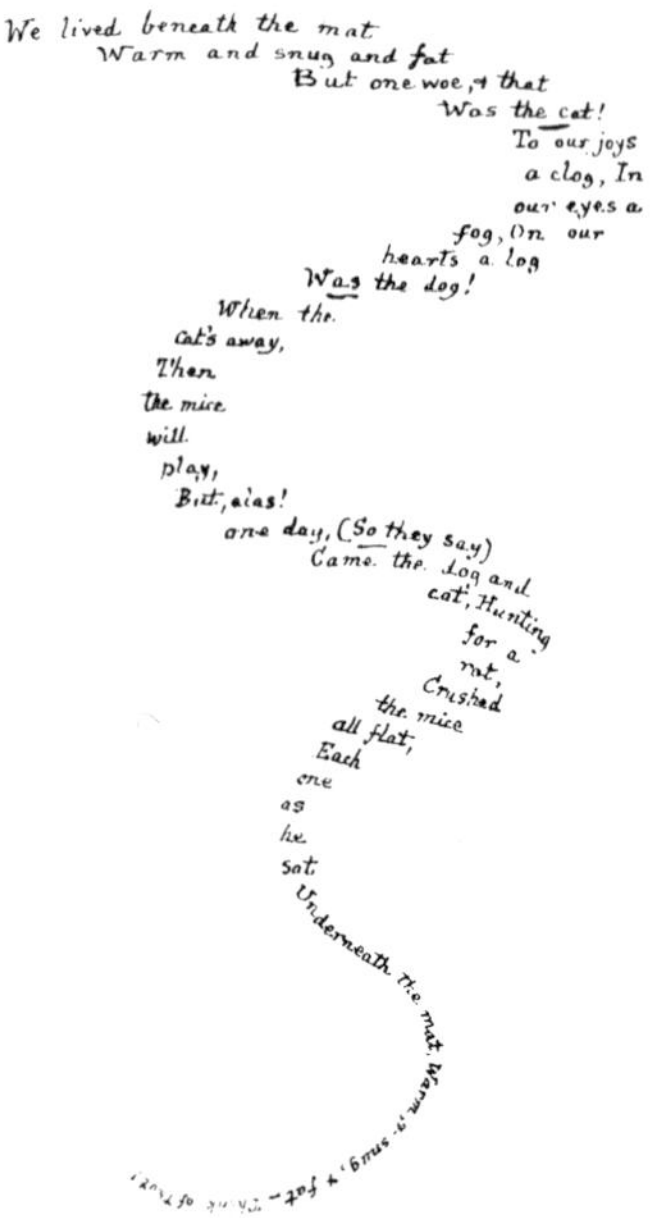

ハツカネズミの長いお話は、アリスにこのような印象を与えた。内容はイヌがネズミを裁判に引っ張り出そうとする話で、イヌ自身が判事も陪審もやるといっている。不思議の国では裁判がたびたび話題になっている。

4 家いっぱいの大きさになったアリス、トカゲのビルにキック一発

このシロウサギ、突然アリスに、革の手袋と扇をさがすように命じた。はじめて会ったはずのシロウサギにいきなり命じられてびっくりしたものの、アリスは命令を実行しようと、シロウサギの格好をした、いかにもシロウサギの家らしい家に入った。そこでアリスが見つけたのは、手袋と扇ではなく、小さなびんだった。なにしろ、シロウサギに突然、それも理由もわからずものさがしを命じられるという、現実にはありえないおかしな事件のまっただ中で見つけたびんだ。その中味を飲めば何か変わったことが起こると確信したのも無理はない。もうこの頃にはアリスは「何かが起こらないほうが変だ」と思うような、おかしな女の子になっていたのである。

飲んでみると案の定、ぐんぐん大きくなり部屋いっぱいいっぱいに。さらに片手は窓から突き出し、片足は暖炉に突っこむ始末。

このようすを見て外は大騒ぎ。シロウサギにしてみれば「あんなものがあそこにあるべきいわれはない」のだ。すぐにでも排除した

シロウサギの格好をした家というと、たしかにこんな家がイメージできる。アリスが大きくなって閉じ込められる四角い部屋はこの家の煙突の下にあるということになるのだが。ベッシー・P・ガットマンのイラスト（1908年）。

い。そこでまずは偵察といおうか突撃といおうか、トカゲのビルが煙突から入ってくることになった。

　これを知ってアリスは気の毒がった。「なにもかもビルにおしつけるのね！　ビルってかわいそう」

　こんなことをつぶやいたのも束の間。アリスとしてはやはり、ビルにごちゃごちゃやってほしくない。なんとか追い払えないかとビルを待ちかまえ、ビルが煙突から暖炉に降りてくるやいなや、キック一発！

　たとえ少女とはいえ、トカゲとではその大きさも強さも断然違う。ビルはアリスのキックを受けて空中高く舞い上がり、これで騒ぎは一層エスカレートしてゆく。

　気まぐれといおうか、自由奔放といおうか、アリスもやるものである。口では同情し、実

家というよりは箱に押し込まれたアリス。箱型の写真機に閉じ込められたようにも見える。写真に撮られる、すなわち像として取り込まれるということからこのようなイメージを描いたと考えることもできる。撮影するときのファインダーも、長方形のすりガラスだった。

キャロル自筆のイラストではもっと窮屈な格好で、枠いっぱいいっぱいに描かれている。

アリスに蹴飛ばされて空中へ舞い上がるトカゲのビル。トカゲの仲間である恐竜だったらこうはいかない。今はトカゲを蹴飛ばせたアリスだけど、次の瞬間は自分のほうが小さくなり、立場が逆転するかもしれない。

キャロル自筆のトカゲ。トカゲというよりどこか恐竜のイメージがないだろうか。

際やることはなんとまあ暴力的であることか。

それでは、とシロウサギが家を燃やそうと言うと、「そんなことをしたら、ダイナ（ネコである！）をけしかけるわよ！」と脅す。シロウサギたちも負けてはいない。小石を雨あられと投げつける。ところがこの小石、家の中で床に落ちてはお菓子に変わったのだ。

これは変だ。ひょっとすると例の伸び縮み薬にちがいないと判断したアリスは、それを積極的にひろって食べた。するとどうだろう。やはり、体がみるみる小さくなった。こうなったら一目散にそこから逃げ出すしかないアリスだった。

ここでアリスは冷静さを取り戻し、逃げ込んだ森の中で、自分のすべきことを確認している。まず第一に自分の本来の大きさになること、そして第二に、あの美しい庭に出る道を見つけることだと。

5 「私は私でないのです。おわかりでしょ」

そしてアリスは、森の中で「ばかでかい仔犬」に出会う。かわいいはずの仔犬だが、こんなのにじゃれつかりしたら大変とばかり、さらに逃げるアリス。また大きくなりたくなったが、今度ばかりはそうしてくれそうな食べものも飲みものも見つからない。

と、近くにアリスの背丈と同じくらいの高さのきのこがあった。そのカサの上に目をやると、なんと、大きな青虫が水ぎせる（タバコのフィルターとして水を使用しているきせる。一種の麻薬を吸っている可能性もある）をぷかぷか吸っている。

ところがいきなりWho are you?――おまえは何者だ、とこの青虫に聞かれて、アリスはハタと困った。今のところよくわからないと答えるほかはない。伸びたり縮んだりを繰り返しているうちに、自分がアリスかどうかもわからなくなってしまったのだ。三〇センチのアリスも三メートルのアリスも、どちらもとてもアリス自身とは思えないのである。

I'm not myself, you see――私は私でないのです。おわかりでしょ。

これはアリスのせりふ。青虫もこういわれては答えようがない。you seeに対してI don't see――わしゃ知らんね、とでもいうほかはあるまい。青虫は今目の前にいるアリス以外のアリスは見たこともないのだ。I don't see――見てないよ、といっているのかもしれない。

このように自分がたしかに自分であるといいきれなくなっているアリスは、これより以前にも、もしかしたら自分は、友だちのうちのひとりになってしまったのではないかと自問し、たとえばエイダだったとしたら、エイダの髪は長い巻き毛なのにわたしの毛はぜん

仔犬がこのように巨大な恐ろしい存在になってしまう光景は、すでにガリヴァーが巨人の国（ブロブディンナグ国）で見た光景でもある。ガリヴァーの場合も庭にひとりでいたとき、「小さな白いスパニエル犬が、何かのはずみで庭の中にまぎれ込み、私が寝転がっているあたりをぶらつき始めた」。そしてアリスの場合はさっさとその場から逃げ出せたが、ガリヴァーは犬にくわえられて運ばれるという、しばらくは口もきけなかったほどの恐怖を味わっている。

テニエルのこのイラストは、青虫の顔をななめうしろから見るアングルで描かれているが、鼻や口に見える部分は、よく見ると青虫の足である。巧みなだまし絵になっているのだ。ところでこの青虫はアリスに、きのこをかじると大きくしたり小さくしたりすることができるとおしえ、アリスもまたそれを実行に移すのだが、きのこには、幻覚をひき起こす毒きのこ類のあることが昔から知られており、キャロルも当然知っていたと思われる。大昔には、霊界との交感にその種のきのこが用いられていたとされており、キャロルもそのような話には強い関心を持っていたからである。なお最近では「マジック・マッシュルーム」と称して、ある種のきのこをドラッグとして用いることが日本でもあった。

キャロル自筆の青虫。きのこと一体化して見えるのも面白い。

ぜん巻き毛になっていないから、などと検討している。わたしはエイダじゃないわ、わたしは友だちになってしまったてやはり、自分は友だちになってしまったわけではないという結論を得たものの、根本的な解決にはならなかったようである。

6 まん丸のきのこのどこを食べるべきか

結局また青虫に Who are you? ——おまえは何者だ、と聞かれてしまう。

それでちょっといらついたアリスは「人に聞くまえに、まず、自分がだれかいうべきだと思うわ」と切り返す。

これに対して青虫はひと言、Why ? ——なぜだ？ と言う。

たいした理由もなく言ったことに対する反論のなぜ？ だからアリスはうまく答えられない。しかし、アリスにとっては失礼な質問に対してやり返した衝動的な発言だったが、青虫にとっては意外とシビアな切り返しだった。

というのは、青虫はやがてサナギになりチョウになるはず。その変身の途中にすぎないからだ。だから「自分がだれかいうべきだ」というアリスの反論にきちんと答えられない。果たしてワタシはチョウなのだと言い切ってよいのかどうか——その迷いが、なぜそんなことを聞くのか、という思いを込めた深刻な why? だったのである。

しかしアリスはそこまで思い至らない。単純なまぜっ返しのなぜ？ だと思い、アタマ

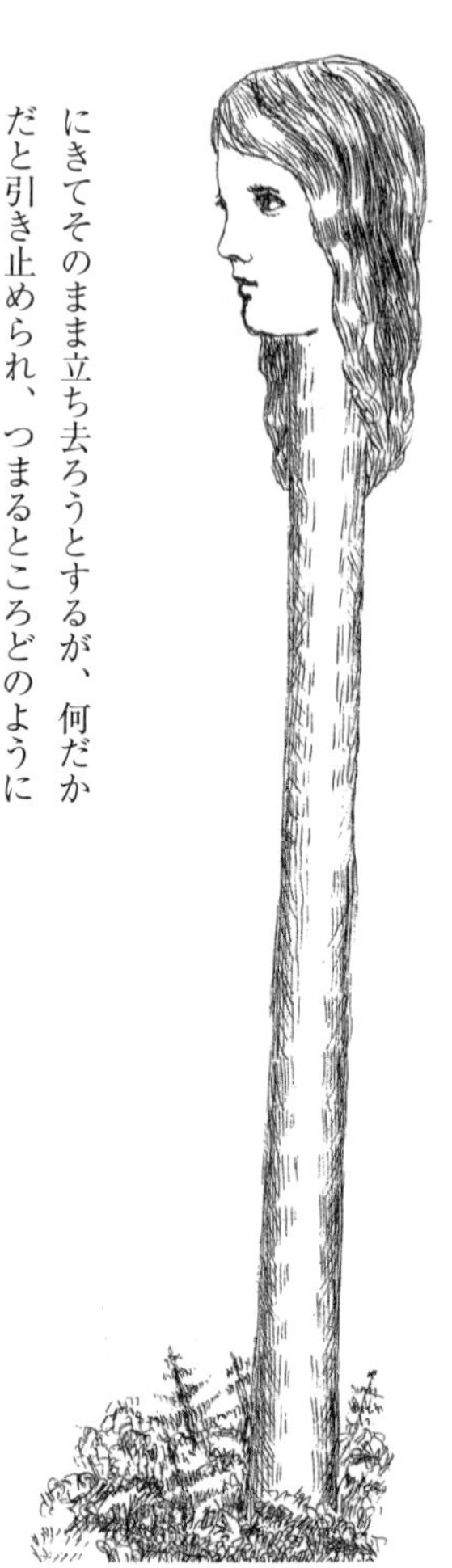

長い首のアリス（上）と、長い首のままハトとやり合うアリス（下）。両方ともキャロル自筆のイラスト。どちらも、不気味なほど首が長い。

にきてそのまま立ち去ろうとするが、何だかだと引き止められ、つまるところどのように変なのか、どうしたいのかたずねられ、もうちょっと大きくなりたいのだ、と答えた。

　これに対して青虫は、重大な秘密をおしえてすがたを消した。その秘密とは、きのこの「一方の側はおまえを大きくし、もう一方の側は小さくする」というものだった。

　しかしきのこは完全に丸い形をしていた。どれが一方の側で、どれがもう一方の側なのか？　あまりにも難しい問題で正解にたどりつけないアリスは、手をのばしてきのこの両端をちぎり、どちらかをたべるしかなかった。おかげでとんだ縮み方と、もう一方のかけらをたべての、想像を絶する伸び方を体験することになる。

7 卵を食べる子どもはみんなヘビだって

　とんだ縮み方というのは、一気にあごが足にぶつかる勢いの急激な縮み方である。あわててきのこのもう一方の側のかけらをたべたら、こんどは自分の肩が見つからないくらいに首が伸びに伸びて、ヘビのよう。ろくろ首なんてものじゃない。

　折から木の上で卵をかえしているさいちゅうのハトがいた。そのハトにとってヘビは卵をねらうやっかいな敵である。それが、よりによって「空の上のほうからうねうねとおりてくるなんて！」と、アリスに対して激しい非難と抗議をくり返すのも当然なのである。

　I'm a little girl ——私は女の子なのよ、とアリスはいうのだが、そんな首の長い女の子なんて見たことがないと、ハトはいう。それはそうだ。

　これでアリスを実は「ウソつきのヘビ」に

アーサー・ラッカムのイラスト。これだけ首が長く伸びていれば、アリスがいくら I'm a little girl と言ってもヘビに信じてもらえなかったのは当然だ。どうみても little でないし girl でもないのだから。

ちがいないと判断したハトは、「つぎにはきっと、卵をたべたことなんかないなんていいだすんでしょうね！」とカマをかけてくるが、正直なアリスとしては、食べたことがあると答えるしかない。そして言い訳をつづけた。

「でも、女の子ってね、ヘビと同じくらいたくさん卵をたべるものなのよ」

ハトはまだ信じない。「かりにそうだとしたら、女の子はヘビの一種だということになるじゃないの」

これまたすごく飛躍した論理ではあるけれど、なんとなく強力な説得力をもった反論である。アリスならずとも絶句してしまうところだ。ハトにとっては卵をたべる動物は敵、すなわちヘビということなのだ。

結局のところアリスは、卵をねらっているわけでもないし、だいいちなま卵はきらいだといって誤解をといたものの、ハトに追い立てられてしまう。先の、女の子はヘビの一種とした論理といい、子（卵）をもつ母には、いかなアリスといえどもかなわないというところか。

このあとアリスは長い首にこりて、丸いきのこの、別の側から取ったかけらをかじり、小さくなるのであった。

8 公爵夫人家の暴力ざた

再び小さくなったアリスは小さな家に近づいた。

折しもその家のドアをノックしていたのは

なんとも異様なすがたかたちをした公爵夫人で、これでは赤ん坊が泣きわめくのも仕方ないとおもえるほどの異様さだが、このイラストにはもとになる絵があった。1500年頃にクウェンティン・マシュースという画家が描いた、歴史上最も醜い女性とされた女性像である（右）。
ところで上のイラストの左後方にいる料理人は左手に胡椒の容器を持っている。これをふりまわしては料理に入れているので、周囲の人はくしゃみがとまらなくなるのである。それればかりか、料理人自身がとてつもないかんしゃくを起こすのも、この胡椒のせいだとアリスは断じている。また左手前のチェシャネコにも注意。すでにその特徴であるニヤニヤ笑いを見せている。

訪ねてきたサカナの従僕（右）も、受けて出てきたカエルの従僕（左）も、物腰はいかにもていねいだが、あくまでも無表情であり、それがふたりの、ことば遊び的、機械的やりとりにも表れているのである。

Fish-Footman――サカナの顔をした従僕であり、ドアの中から姿を現わしたのはFrog-Footman――カエルの顔をした従僕である。ふたりの従僕（Footman）がFを頭文字にもっているところにも注目したい。一種のことば遊びから、こうしたちょっとしたキャラクターも作り出されているのである。さて、サカナ従僕からのカエル従僕への伝達と、それに対する返答は次のようなものである。

“For the Duchess. An invitation from the Queen to play croquet.”

――公爵夫人宛てでござる。女王様からクロッケーのゲームへのご招待でござる。

“From the queen. An invitation for the Duchess to play croquet.”

――女王様からでござるな。公爵夫人へクロッケーのゲームへのご招待でござるな。

実に単純に、招待状の発信者と受信者の、文章上の位置を入れ替えただけで、ちゃんと意は尽くされている。

そして、このやりとりから、サカナ従僕が女王の従僕であり、カエル従僕が公爵夫人の従僕であること、さらにその家が公爵夫人の家であることがわかるのである。

さて、アリスがその公爵夫人の家に入ってゆくと、部屋じゅう胡椒のにおいでいっぱい。公爵夫人に抱かれた赤ちゃんなどは、泣きわめくのと胡椒によるくしゃみを交互にしているほど。

部屋の奥でスープを作っている料理番が、やたら胡椒を使ったにちがいない。

やがてこの料理番はとんでもないかんしゃくを起こして、手近にあるものを見境なく、公爵夫人と赤ちゃんめがけて投げつけはじめる。アイロン、なべ、皿等々――実に恐ろしく暴力的な光景である。

アリスはのちに、このかんしゃくの原因を胡椒にありと断じる。そのときついでに「すっぱい顔にさせるのは酢、それからかみつきそうな皮肉屋にするのはカミツレ草（猛烈に苦いクスリで、思わずしかめつらをしてしまうから）、それから子どもを甘くやさしい気だてにするのは甘くておいしいキャンディよ。おとなって、このことがぜんぜんわかっていないのよ」と、味と気分の濃厚な関係について考察している。なかなか味のある考察ではないか。

さてそのとき公爵夫人はどうしていたか。三本脚の椅子に座って平然と赤ちゃんを抱き、冷静にアリスと会話を交わし、子守歌（らしき歌）まで歌いはじめたのである。

公爵夫人の料理人はいきなりかんしゃくを起こすや、なべや皿などを手当り次第に放り投げるのであった（アーサー・ラッカムのイラスト）。

ガキに　やさしいことばはいらぬ
くしゃみをしたら　ぶったたけ
くしゃみをするのは　いやがらせ
そういうガキは　ぶんなぐれ――

これはまた恐ろしい子守歌だ。もっとも子守歌にはけっこう残酷な響きをもったものも多いから、それほど驚くにはあたらないのかもしれない。この子守歌には元の歌があって、それは Speak gently――やさしく話せ、とやさしく歌い出されている。しかしそれよりも Speak roughly――乱暴に話せ（やさしいことばはいらぬ）、とあらあらしく歌い出されたほうが、子どももよろこびそうだ。なぜか子どもは古今東西を問わず、乱暴な言葉を好むようだから。

さて公爵夫人はこの子守歌の二番を、赤ちゃんをほうりあげながら歌い、その赤ちゃんをとうとうアリスに投げてよこすのであった。

アリスは、公爵夫人から投げてよこされた赤ちゃんを抱きとめたものの、この赤ちゃん、とにかく手足をばたばた動かすわ、いつかのアリスのようにどんどん大きくなってゆくわ、ブーブーと泣くわ！　で大弱り。

それにこの赤ちゃん、どうやらブタになってゆく様子。ここでアリスは、気の毒がっていた気持ちもどこへやら、「もしあなたがブタにかわるっていうのなら、もうあなたに用はありませんからね、いいこと！」

いいこと！」と脅されても、もうこの変身

公爵夫人が投げてよこした赤ん坊を抱きとめたアリスだが、その赤ん坊がいつの間にかブタになった。この変身はキャロルお気に入りのアイディアでもあったようで、後に抜き差しするタイプの切手入れを考案した際にも、このアイディアをを生かしている。抜き差しするたびに赤ん坊がブタになったり、またその逆になったりするというものである。

は止まらない。とうとう赤ちゃんはブタになり、アリスの腕の中から飛び出し、森へかけこんでいった。

　まさに夢の中の出来事のようだが、このあとのアリスの感想がすごい。

　ブタとしてはまあまあの器量だったんじゃないかしらん、それに自分が知っている子どもたちの中にも、ブタなら通用しそうな顔があるわ！　そのあげく「あの子たちも、ちゃんと変身するしかたさえ知っていればいいのよ」とのたまう。

　なんとも残酷な感想である。

9　ニヤニヤ笑うチェシャネコ登場！

　おそろしい公爵夫人の家にはおかしなネコもいた。ニヤニヤ笑うチェシャネコである。grin like a cheshirecat チェシャネコのようにニヤニヤ笑うという慣用句から登場してきたネコだ。チェシャというのはイギリスの州の名称なので、チェシャ州のネコということになるのだろうが、それとニヤニヤ笑いとの関係は定かではない。ちなみにこのチェシャネコ、キャロルの自筆本には見当たらない。その時点ではまだ姿を隠していたようだ。

　それにしても、ニヤニヤ笑うくらいだから、おかしなネコであることはまちがいない。自分でもそういうのである。このあたりの住人はみんな狂っているといい、その例として、自分が狂っていることを証明しさえしたのだ。その論理はこうである。
①イヌは狂っていない。
②イヌは怒るとうなり、うれしいと尻尾をふる。
③自分は、うれしいとうなり、怒ると尻尾をふる。つまり②と逆だ。
④ゆえに自分は狂っている。
　まったくもって奇妙な論理である。

　自らを狂っていると称するこのチェシャネコは、そのうえ、自在にその姿を消したり現わしたりすることができるのだ。

チェシャネコは、ニヤニヤ笑いだけでなく、突然姿を現したり、姿を消すという神出鬼没ぶりにも特徴がある。とにかくへんなネコであり、姿を消していってニヤニヤ笑いだけを残すという、とんでもないワザもアリスに見せている。テニエルもこのワザをイラストにするのは大変だっただろう。

頭上に首だけ現したチェシャネコ。女王はこの首をはねよ、と命じるが、首切り役人は胴のない首ははねられないと拒否する。首切り役人に分があるのは明らかである。ところでこのイラストの右端にウサギ紳士が顔をのぞかせている。ウサギもまた神出鬼没なのである。

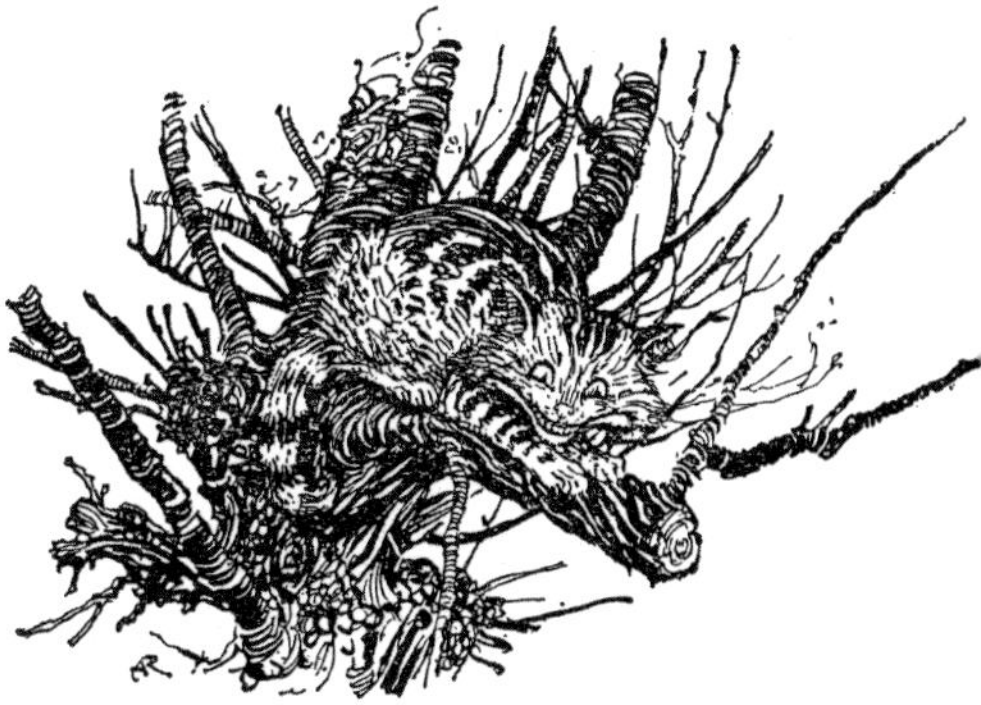

アーサー・ラッカムはチェシャネコのニヤニヤ笑いと、それだけを残して姿を消すようすをこのように描いた（上と左）。

アリスと話していて、ある時などはゆっくり消えていって、最後にニヤニヤ笑いだけを残したこともある。

「ニヤニヤ笑いなしのネコa cat without a grinなら、よく見たことがあるわ。でも、ネコなしのニヤニヤ笑いa grin without a catなんて！」

アリスのこのセリフもおかしいが、まったくおかしなネコである。

10 おかしな連中のマッド・ティーパーティへ

チェシャネコがアリスにおしえてくれたのは三月ウサギの家。さっそくそこへ行くと、ティーパーティのまっ最中である。

このシーンもキャロルの自筆本にはなく、出版に際して付け加えられたものだが、とて

写真は、滝口修造が1973年に開かれた「アリス展」のために創作したコラージュ。『不思議の国のアリス』ではハートのクイーンが大活躍するなど、トランプが重要な役割を果たしている。ハートのキングはチェシャネコと論争もしているが、まさかチェシャネコに顔を奪われることになろうとは、おもってもみなかったにちがいない。この作品は『不思議の国のアリス』というファンタジーの面白さを具体的に表現したものといえる。

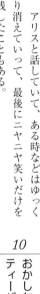

マッド・ティーパーティの出席者たち。左から、ちょっと怖い表情をしたアリス、麦わらを頭に挿したままの三月ウサギ、ここでも眠っているネムリネズミ、どうも売り物らしい帽子をかぶっている帽子屋。手前の空席にもティーカップが並べられている。アリスが入って行ったとき、はじめは「席はないよ」と断られたのも、これらのティーカップのところに幻の出席者がいたためかもしれない。

も面白いシーンで、登場キャラクターもユニークなら、アリスも活発にふるまい面目躍如といったところである。席についていたのは次のようなキャラクターである。

まずは三月ウサギ（March hare）オスのウサギが三月の発情期には狂ったようになるところから mad as a March hare（三月ウサギのように狂った）という言いまわしが成立した。これはアリスの時代にはよく使われたものだそうで、この三月ウサギには、このMad teaparty（マッド・ティーパーティ）に出席する資格が十分備わっていたわけだ。

次に帽子屋（Hatter）、これも当時、mad as a hatter（帽子屋のように狂った）という慣用句があり、このマッド・ティーパーティに出席してしかるべき存在だったのである。

アリスの時代にはこのような帽子屋が少なからずいたという。帽子の素材となるフェルトの製造に水銀を使用したため、帽子屋は水銀中毒にかかりやすく、それで幻覚に襲われるなどの異常をきたすことが少なくなかったためである。

さらに、あまりしゃべらず、終始、脇役に甘んじるキャラクターとして、ネムリネズミ（Dormouse）がいる。ヤマネのことだが、もともとは夜行性の動物なので昼間はずっと眠っている。なぜこのマッド・ティーパーティに出席しているかという件に関しては、次のような注目すべき情報がある（マーチン・ガードナーによる）。

三月ウサギもかなりへりくつをこねるタイプだが、帽子屋はそれに輪をかけて攻撃的である。アリスが「時間をつぶす」と言ったことをとらえて、独特の時間論議を展開し、アリスをあぜんとさせたところなどは、帽子屋ならではのことである。

　当時オクスフォードあたりに、いつもシルクハットをかぶっていて「マッド・ハッター」の異名をちょうだいした男がいて、この男、珍奇なる発明家でもあった。眠っている者をほうり上げて起こすという乱暴な目覚しベッドを発明して（たぶん）あきれられたというのである。この男がマッド・ティーパーティに出席している帽子屋のモデルであるとすれば、いつも眠っているのを叩き起こされるネムリネズミが帽子屋の隣に座っているのも、なるほどとうなずける。

　それはさておき、アリスは、このティーパーティに近づいたとたん「席はないよ！」と大声で拒否されたが、好奇心が何よりも強いからそんなことではへこたれない。あいているじゃないの！　と、実際にたくさん空いている椅子のひとつに座ってしまう。そしておかしな（Mad）連中のおかしな（Mad）議論に悩まされることになる。

11 おかしな会話に悩まされるアリス

　アリスが巻き込まれたおかしな議論をいくつかあげてみよう。

●三月ウサギがアリスにワインをすすめたのでテーブルを見まわしたところ、ワインなんてどこにもなかった。そこでアリスは怒る。

「ないものをすすめるなんて、少し失礼じゃなくって？」

　すかさず三月ウサギは反論する。

「まねかれもしないのに腰をおろすなんてのも、いささか失礼じゃないかね」

たしかにそうだ。

●帽子屋が突然なぞなぞを出題する。

「大鴉とかけて、書物机と解く、心は？」

　なぞなぞ好きのアリスは大喜び。さっそく解こうとするのだが、結局わからない。で、正解をたずねると、帽子屋、平然と、

「かいもく見当もつかん」

出題者に答えが用意されていなかったのである。これではだれだってあきれる。しかし当時の読者たちは、それならばと必死に正解を見つけようとしたが、作者のキャロルにも適切な解がなかった（！）のだから、読者からの問い合わせにはいささかまいったらしい。結局だれもが困り、困らなかったのは帽子屋と、それに同調した三月ウサギぐらいだったということになる。

●このなぞなぞを出題されたときアリスは I believe I can guess that——解けそうな気がするわ、とつぶやいたが、この guess（解ける）ということばをとらえて三月ウサギが、それは find out the answer——答えを見つけられるということなのか、と問い返してきた。

　アリスはそのとおりだというのだが、へりくつ屋の三月ウサギは納得しない。

　Then you should say what you mean——「じゃあ、自分の意味するとおりのこと（答えを見つけられるということ）をいうべきだよ」

　これに対してアリスもいい返す。

at least I mean what I say——「少なくとも、わたしがいったとおりのことを意味しているわ」

　そして、これ（say と mean が what の前後で入れ替わっていることに注意）はどちらも同じことだといってしまうのである。さあ大変。こんどは帽子屋の攻撃。

ハリー・ファーニス描くティーパーティ（1926年）。ここでもネムリネズミは眠り、帽子屋と三月ウサギはノリにノッているようである。

マッド・ティーパーティには、こんなにたくさんのティーカップが並び、空席は十分あった。アーサー・ラッカムのこのイラストでも帽子屋と三月ウサギにはさまれたネムリネズミは眠っている。ちなみに、ここに描かれた帽子屋はラッカム自身をモデルにしている。ラッカムはそういういたずらをよくしていた。

「同じだなんて、とんでもない！」

だったら I see what I eat も I eat what I see も同じか、とアリスをやりこめるのだ。たしかに〈わたしはたべるものを見る〉と〈わたしは見るものをたべる〉というのとではまったくちがう。

三月ウサギも調子に乗って例を挙げてくる。

I like what I get――わたしは手に入れるものが好きだ。

I get what I like――わたしは好きなものを手に入れる。

これが同じか？　と――たしかに決定的にちがうことだ。

ここで眠っていたはずのネムリネズミも口をはさんできた。

I breathe when I sleep――わたしは眠るとき息をする。

I sleep when I breathe――わたしは息をするとき眠る。

これが同じか？　と。

しかしこれは、帽子屋の「おまえにとっちゃ同じことじゃろうが」というひと言で一蹴されてしまう。あわれなネムリネズミ！　しかも what と when をまちがえるなんて！

●先ほどのなぞなぞに答えがないとわかるや、アリスはそんなことで時間をつぶすなんて！　と帽子屋たちをなじるのだが、時間をつぶす――wasting it といったのをとらえて帽子屋がいう。

If you knew Time as well as I do, you wouldn't talk about wasting it. It's him——「わしみたいに時間のことをよく知っとったら、あんたも、つぶすなどとはいわんじゃろうに。時間は生きものなんじゃから」

　時間は生きものだというい方からは、時間を自然の推移と関係なく刻ませていく近代的な考え方に対する皮肉を感じとることができる。夏でも冬でも午後六時は午後六時。自然環境が明るくても暗くても同じ時刻では、時間が生きているようには思えない。

　アリスに対して、そのぶんでは「時間と口をきいたこともあるまい！」と非難めかして言うのも、当然なのである。それでアリスのほうは、but I know I have to beat time when I learn music——でも、音楽のおけいこのときなんか、ちゃんと時間を打って、拍子をとらなきゃいけないってことは知ってるわ。beat time——拍子をとることは知っている、と言い返すのだが、これは文字どおりに解すると時間を打つ（叩く）という意味にもなる。帽子屋はそこをとらえて興味ぶかい理屈を展開する。

「時間は、打たれるのが大きらいなんじゃ。いいかね、あんた、時間と仲よしになりさえすれば、時計なんかこっちのもんじゃ、時間のやつがあんたの注文どおりよろしくやってくれるからな」

　これはどういうことかというと、

「今、朝の九時、勉強のはじまる時刻だとしてごらん。時間にほんのひとこと耳うちしてやりさえすれば、あっというまに時計の針はぐるりぐるぐる！　一時半、はい昼ごはんの時刻とござい！」

　時間に感情のあるがごとくなのである。

　これほど時間と親密そうな帽子屋なのだが、いまは時間とけんかしていて、何をたのんでもダメ。おかげでいつも午後六時のお茶の時間（お茶といっても、軽い夕食のようなもの）というわけである。

　なぜそんなことになったのかがまた面白い。ハートの女王主催の音楽会で帽子屋が、あの有名な twinkle twinkle, little star! ではじまる歌のパロディを歌いはじめたところ、その一番を歌い終わったところで女王が、こいつの首をはねよ！　と叫んだという。

　そのわけは He's murdering the time——時間を殺そうとしている！　から。しかしこれは直接的な解釈で、murder the time というフレーズは、リズムをちゃんととれずにめちゃくちゃに歌うということを意味している。歌を調子っぱずれに歌ってしまったがために、時間のご機嫌をそこねてしまったというわけである。

●ネムリネズミだって黙ってはいない。アリスにお話をせがまれて、糖蜜の井戸（なんとまあ甘そうで子どもの興味をそそる井戸ではないか）の中に住んでいた三人姉妹の話をしたのである。ちなみにこの三人姉妹の名は Elsie, Lacie, Tillieで、それぞれリデル家三人姉妹の名前と深い関係にある。Elsie は、長女 Lorina Charlotte の頭文字、L. C. の音を名前にしたもの。Lacie は次女 Alice の名前から、その文字を入れ替えるアナグラムによって作られた名前。Tillie は三女 Edith の愛称 Matilda の呼び名である。

　そしてこの三人姉妹は絵を描くけいこをし

このおかしなトリオにあって、ネムリネズミはどうやらいじめられ役をになっているらしい。アリスが去って行ったあとで、あたかもその責任をとらせるかのように三月ウサギと帽子屋はネムリネズミを紅茶ポットに頭から突っ込むのであった。ちなみにネムリネズミは夜行性の動物で明るいところは大の苦手としているから、これは具合のよいことなのかもしれない。

ていた――learning to draw。このdrawをアリスは、何かを汲むという意味で使ったとかんちがいして、何を汲んだのか、とたずねるのだが、糖蜜の井戸に住んでいるのだから糖蜜に決まっている、と軽くいなされてしまう。

　では、三人姉妹は何を描いていたのかというと、Mではじまるものなら何でもだという。そこでアリスはたずねる。

Why with an M? ――なぜMではじまるものなの？

　それに対する三月ウサギの応答は見事である。

　Why not ? ――どうしてMじゃいけないのさ？

　アリスの疑問――なぜMではじまるものなのか、に対して、これほど完璧な答え方はないだろう。

　Alice was silent――アリスはだまりました。

だまるよりほか仕方なかったのである。

　それにしてもこのようなあげ足取りあり、まぜっ返しあり、皮肉やからかいあり、なんでもありのティーパーティに出て、よくアリスはがまんできたものである。

　しかしついに、自信のない者は発言するべからずといった、帽子屋の失礼ないい方で怒り心頭に発し、席を立つことになる。ふり返ると、三月ウサギと帽子屋がネムリネズミを紅茶ポットに頭から突っ込もうとしているのが見えた。

　アリスが怒って退場しても、そんなことは気にかけない、とことんおかしなメンバーだったのである。

12　女王に処刑されそうになった庭師を助けるアリス

　おかしな連中のティーパーティから逃げ出したアリスは美しい庭に出た。そこではトランプの庭師たちが、白いバラに赤いペンキを塗りつけている。いぶかしく思ってたずねてみると、女王から赤いバラを植えるように命じられていたのに、うっかり白いバラを植えてしまったのだという。それで女王の怒りにふれるのを恐れ、あわてて着色に励んでいるというわけである。

　ところでこの着色という発想だが、作者ルイス・キャロルにとっては、そう突飛なものではなかった。というのも、キャロルはプロはだしの写真家でもあり、この手の着色には慣れていたのだ。当時はカラー写真ではなかったから、モノクロームの写真に絵筆を使って色を塗る（この技術を人工着色という）ことは、よく行われていた。白く写ったバラに

白いバラをあかく染める庭師たち。テニエルのこのイラストでは、かなり大輪のバラに見える。ちなみにアリス・ファンタジーが生まれたビクトリア時代では、バラの世界に大きな変革が起こった年で、1867年にフランスで大輪の新種ができ、ここからハイブリッド・ティーローズと称する新しいグループが生まれ、これらがそれまでのオールドローズに対するモダンローズと総称されるようになる。バラについてはいろいろとうるさい時代だったので、この庭師たちのような行動はバラ愛好家にとっては許しがたい暴挙だったというべきである。もし女王がバラ愛好家だったら、その怒りは当然のことだったのである。

赤の絵の具を塗りつけるのは、写真の世界では普通に考えられることだったのである。

さて、この着色作業にアリスが驚きの目を見はっているところへ、ハートの女王をはじめとするトランプの一団がやってきた。ハートの女王は、やたらに「首をはねよ！」と処刑を命じる荒っぽい女王だけに、いかにもこわそうである。

しかしアリスもすでにいろいろなことを経験してきて、たくましくなっている。女王に表向きいんぎんに対応しても心の中では、結局のところ、この人たち、ただのトランプのひとそろいじゃない！　こわがる必要なんかあるもんですか！　と思っているのである。

この余裕は、女王がアリスの首をはねよ！と叫んだときに「ナンセンス！」と一蹴するパワーを生んだ。なにしろ相手は女王なのだ。アリスもやるものである。

しかし女王の前にひれ伏した三人（三枚？でもある）の庭師たちはそうはいかない。

ひれ伏しているときは、それがだれだかまったくわからないからよかった（トランプのカードの裏側は同じ模様だ。神経衰弱ゲームで、裏返されたカードが何のカードかを当てる難しさを思い起こしてほしい）が、ひっくり返されてしまって万事休す。庭師だとばれてしまっただけでなく、バラの木を植えまちがえたカドで、たちどころに処刑を命じられてしまう。「首をはねよ！」

気の毒に思ったアリスは、女王の行列が先へ進んだすきに、この庭師たちを、処刑担当の兵隊たちに見つからないよう隠してやる。おかげで兵隊たちは、庭師たちを処刑するといういやな任務を遂行することはおろか、彼らを見つけることすらできないまま行列にもどった。

女王が確認する。Are their heads off ?

——首をはねたか？　と。

兵隊たちは答える。Their heads are gone

——首は失せましてございます、と。

ずるいというか、うまいというか、政治家の答弁のごとくである。女王は首をはねたと思い、兵隊たちはあくまでも首はなくなったといっている。姿を見つけることができなかったのだから、首もまたどこかへ行ってしまったことに間違いはない。ウソは言っていないのである。

長い首、長い脚を持つフラミンゴは、アフリカや中南米の塩水湖など一定の場所にしかすみつかない珍しい渡り鳥で、キャロルたちは動物園で見知って（あるいは本で知っていただけなのかもしれないが）興味ひかれたのだろう。体はピンクや紅などあざやかな色をしているのも大きな特徴のひとつだが、その点でもハートなどのトランプでいっぱいのクロッケー競技場にふさわしい存在だった。
またハリネズミはヨーロッパではペットとして飼われる小動物で、攻撃されると体を丸めて針だらけのボール状になる。そこを打たれたらたまらないのでさっさと逃げ出すのである。

13 とてもゲームとは思えない女王主催のゲーム

さてアリスはこのあと、ハートの女王に命じられてクロッケーという、ゲートボールのようなゲームに加わることになるが、このクロッケーがなんとも奇妙奇天烈《きてれつ》なものであった。

まず芝できれいに整備されていなければならないはずの競技場はでこぼこ。

ボールはハリネズミ。本来は固い球である。

バットは生きたフラミンゴ。本来は木槌のようなもの。

ボールをくぐらせるアーチは、トランプの兵隊が両手両足をついてからだを折り曲げて作っている。

こうした道具類だけでも異様なのに、ルールもへったくれもなく、めいめいが勝手にボールを打とうとしたりしている。

しかもボールを打つといったって、バット役のフラミンゴは首をねじってしまうわ（フラミンゴで打つのはむずかしい。ちなみに世界に名だたるかつてのホームラン王・王貞治は、フラミンゴ打法と呼ばれる一本足打法で打ちまくった。フラミンゴが、静止しているときは一本足で安定した姿勢を保っているところからそう呼ばれたのであって、バットがフラミンゴ風というわけでないのは当然である）、ボールとなるはずのハリネズミは勝手に逃げ出すやらで、打つことさえままならない。

さらに、である。女王の首はね命令はゲーム中もおさまらず、次々と「首をはねよ！」と命じていくものだから、ものの三〇分ほどで、競技場には女王と王様とアリス以外にだれもいなくなってしまうのであった。

14 胴が見えないチェシャネコの首をはねることはできるか？

と、女王のクロッケー競技場上空に例のチェシャネコが忽然と現われた。話し相手ができたアリスは、このクロッケーがいかにでたらめなものであるかなど、チェシャネコと話していたら、そこを王様に見つかり、とがめられた。

アリスはあわてて王様にチェシャネコを紹介するが、王様はチェシャネコの目つきが気に入らないといい「そんな目つきでわしを見つめるな！」と叫ぶ。ガンをつけるな、というわけである。

それを聞いてアリスがチェシャネコの擁護をする。

A cat may look at a king――ネコでも王様の目を見てよいことになっています。

これはイギリスのことわざで、身分の卑しい者でもそれ相応の権利は持っている、といった意味で使われることわざである。

もちろんここでは言われている通りのことで、ふかい意味はない。

しかしだれもが知っていることわざなので、王様はしかたなく、追っぱらえ！　と女王に向かって叫ぶことになる。

それを受けた女王には「追っぱらう」なんて刑が思いつかないから、例のごとく「首をはねよ！」とやってしまう。

さあここでまた新たな議論が、王様と女王と死刑執行人とのあいだで生じた。

死刑執行人は、「このネコには胴体がない。胴体がなければ首ははねられない」といい、王様は「首がある以上、はねられる a head can be beheaded」と主張し、女王は、こう

海辺でグリフォンとウミガメモドキに会い、海の学校の話などを聞くアリス。

なれば、だれかれの区別なくいっせいに死刑だと、めちゃくちゃなことをいう。

　そこでアリスが、このネコは公爵夫人のものだから、夫人にたずねるべきだ、と結論を出し、公爵夫人が牢から連れ出される（いつの間にか牢に入れられていたのだ！）。

　ところがそのときには肝心のチェシャネコが消えていて、どうやら誰も傷つくことなく一件落着、めでたしめでたしで次のシーンにつながってゆく。

アーサー・ラッカム描くグリフォンとウミガメモドキ。グリフォンがいかにも怪物である。王様的雰囲気はあえて削いだのだろう。

15 料理名から生まれたキャラクター、ウミガメモドキの悲しみ

かくしてクロッケーを終えた女王がアリスにたずねる。「おまえ、ウミガメモドキを見たことがあるかい？」

「いいえ、なんですか、それ？」

「ウミガメモドキスープをつくるものじゃ」

　——It's the thing Mock Turtle Soup is made from.

　Mock Turtle Soup（ウミガメモドキスープ）というのは実際にある料理で、Turtle Soup（ウミガメを素材にしたスープ）が高価なために、ウシを素材にし、ウミガメスープに似せて（Mock）作られたものである。

　キャロルは、このMock Turtle Soupの原材料をMock Turtle（ウミガメモドキ）という、実際には存在しない生き物として、不思議の国に登場させてしまった。つまりMock な Turtle Soup を Mock Turtle の Soup と、わざと誤解してみせたのである。

　これがアリスの好奇心をくすぐらないはずがない。女王に連れられてまずグリフォンという伝説上の動物に会いに行き、グリフォンにウミガメモドキを紹介してもらうことになった。

　こうしてアリスはウミガメモドキに会うことができたのだが、当のウミガメモドキは、やたらと泣いたり深いため息をついたりしているのであった。なにしろその出自が料理名にあり、存在そのものが確固としたものではないのだから！

　それなのにアリスが、たとえ女王にそそのかされたとはいえ、このウミガメモドキから身の上話を聞きだそうとしたのは、残酷な仕打ちというべきだった。

　ウミガメモドキはいざ自分の話にとりかかろうとしても「かつて……」といったきり、しばらくあとがつづかなかったのである。

　そしてやっと出てきたことばがI was a real Turtle——自分はモドキ（mock）では

グリフォンは大昔からアジア、ヨーロッパと、いろいろな国の伝説で語られてきた怪物である。上半身がワシで下半身がライオンというところに大きな特徴を持っており、ライオンの数倍の大きさがあるとする伝説もある。その伝説では大きな爪で何頭もの馬をワシづかみにしたという。そんな恐ろしい一面もあるが、何しろ鳥の王たるワシと地上動物の王たるライオンを併せ持っているのだから、まさしく王たる者にふさわしい存在の象徴として、紋章に用いられるなど、誇り高い存在でもある。ウミガメモドキに対する態度にも、そのことはうかがえる。

おそろしげなグリフォンについて行くアリス。ミリセント・ソワァビィのイラスト（1907年）。

料理名から生まれたウミガメモドキの出自が面白いので、こんな大胆な解釈によるイラストも描かれたのだろう。モドキというより模型である。チャールズ・ロビンソンのイラスト（1907年）。

ない、本モノ（real）のウミガメだったというのだから、泣ける話である。

しかしグリフォンにいわせると、そのようなウミガメモドキの悲しみはすべて空想で、悲しいことなんて何ひとつないのだそうだ。もともとが空想の産物なのだから、なるほどそうかもしれない。しかしそれではミもフタもないというものだ。

さてそのグリフォンだが、こちらはれっきとした伝説上の動物。長く語りつがれ描かれ、名家の紋章にまで登場する。ウミガメモドキとはだいぶ格がちがうのだが、それでも両者仲よく、同じ「想像上の動物」になりきっているところが楽しい。

16 アリスの興味をそそる、おかしな海の学校

アリスはこの「二人」から海の学校のことをいろいろと話してもらう。

たとえば、海の学校の先生は年とった

Turtle（タートル）——ウミガメだが、みんなは Tortoise（トータス）——陸ガメと呼んでいたという。

アリスは当然このことに疑問をさしはさむ。なぜそんなふうに間違えて呼んだのか、と。

答えは明快である。because he taught us（トータス）——私たちを教えてくれたからさ。発音が「トータス」で同じなのだ。

この答えをいうときのウミガメモドキは怒り出さんばかりで「おまえはなんてにぶい子なんだ」とアリスをばかにする。

それに追いうちをかけてグリフォンが「自分が恥ずかしくないのかい」

これではアリスはたまらない。穴があったら入りたい気分になったが、幸い話が先に進んでいった。

そして、海の学校の課目がいっぷう変わっていることが語られる。

特別課目として、陸上の学校の場合と同じフランス語と音楽のほかに何と洗濯があったという。海の底で洗濯？　そんなもの必要なのかとアリスは疑問を投げかけるが、あっさり無視された。

それはさておき、とウミガメモドキの話が進む。海の学校では、授業時間が日一日と減ってゆくという。

一日に何時間の授業があったかをアリスが聞くと、第一日目は十時間、二日目は九時間、三日目は八時間というように、日々減ってゆくのだという。理由はこうだ。

That's the reason they're called lessons, because they lessen from day to day——授業のことをレッスン（lesson）というのは、それが日一日と減って（lessen＝レッスン）ゆくからなのだ。

授業を意味する lesson には、同じ発音をもつ、減ってゆくという意味の lessen ということばが、はじめから包みこまれているかのような、子どもたちにとってはうれしい解釈なのである。

17 もう普通のことなんて起こらなくなってしまったんじゃないかと、アリスを不安がらせたお話

ここで突然ウミガメモドキが話しはじめたのはエビのダンスのこと。グリフォンもいささか興奮気味に話に加わってくる。よほど面白いダンスだったのだろう。キャロル自身が

キャロル自筆のイラストで、グリフォンとウミガメモドキは、かつて海の学校で習ったダンスを再現し、思い切り跳びはねている。

キャロル自筆のウミガメモドキ。いわくいいがたいおかしさと不気味さがある。

描いたイラストを見ても、彼らがいかに楽しく踊ったか想像できようというものだ。

とにかくこのエビのダンスがどういうものか、整理してみよう。

①海辺で二列になる。顔ぶれはアザラシとかウミガメとかである。
②クラゲを追い払う。いつもこれに手間どるそうだ。
③それぞれエビと組んで二歩前進。
④さらに二歩前進して相手のエビをとりかえ、次にもとの組にもどり、
⑤エビを投げる！　できるだけ遠く沖の方に。
⑥そのあとを追って泳ぐ。
⑦海の中でとんぼ返りを打つ。
⑧また相手のエビをとりかえる。
⑨そして陸にもどる。

以上を順に繰り返すというもの。なんともダイナミックで面白そうではないか。

さてこのダンスの伴奏となっている歌の出だし――

タラがカタツムリにいいました
「もちっと早く歩いてくれない？
イルカがぴったりうしろにくっついて
ぼくの尻尾を踏むんだよ――」

ここからおかしなタラ談義がはじまる。

タラといえばタラは見たことがあるね、といわれてアリスは答える。

I've often seen them at dinn. . . ――ときどき夕……でね

dinn. . . は dinner つまり夕食のときに見たことがあるとアリスはいおうとしたのだが、ウミガメモドキだってもともと料理出身のキャラクター。食べることをイメージさせる言葉を出すのはまずいと気づいたのである。

ウミガメモドキはそんなアリスの、かつてない気づかいに知らんふりで、

I don't know where Dinn may be――夕……というのがどこにあるのかは知らんが、と、アリスが言いかけた Dinn を、そのまま地名にしてしまい、さらりと受け流す。

で、タラがどんなものかをアリスにいう。「尾を口の中にくわえたかっこうで、体中にパン粉がまぶしてある」と。

なぜ尾を口の中にくわえたのか。グリフォンによれば「タラはエビといっしょに踊りに行くことにしたんだ。それで沖のほうへ投げとばされた。それで空中をずっと落ちて行かなくちゃならなかった。そこで、尾をしっかり口の中にくわえていた。ところが、二度と出せなくなってしまった」というわけだそうだ。どうやらエビと同じようにからだを丸めることによって、遠くまで飛ぶことができたと言いたいようである。

次にグリフォンからの質問。タラはなぜタラ――whitingというのか。アリスはそんなこと考えたこともないので、グリフォンの話に耳を傾ける。

タラは靴みがきをするからタラだという。「靴みがきをする」はふつうdo with blackingというのだが、海の中ではdo with whiting というのだという。逆なのだ。black（黒→blacking）と white（白→whiting）の関係なのである。ちなみにタラは漢字で鱈と書く。それで、雪のように白くするからだとした名訳もある。岩崎民平の訳である。

かくしてタラは靴みがきだった。

では海の中の靴は何でできているのかというと、シタビラメとウナギから。これは靴底を意味する sole とシタビラメの sole が同じ発音ソウルであり、かかとの heel ヒールとウナギの eel イールが似た発音をすることで、それぞれをダブらせたしゃれになっている。

さて、エビのダンスの歌のはじめに、イルカがタラにぴったりくっついていると歌われているところにも議論は及んでいく。

どんな魚でも、イルカと縁を切ってどこかへ行くことはできないのだとウミガメモドキはいう。ウミガメモドキは実のところ、イルカ（ネズミイルカ）を意味する porpoise と目的を意味する purpose を、発音がよく似ているために混同させているのである。たしかに目的なしにどこかへ行くのはまれなことだ。何らかの目的はある。その目的がイルカに化けてしまったというわけだ。

こんなふうに、今までアリスが学んできたのとはまるでちがう、面白くてふざけた話が果てしなくすすんでゆくので、アリスは、も

のごとがふたたびふつうに起こるようになる日が、いつかくるのでしょうか、という不安に襲われる。

これはかなり根本的で深刻な不安である。ウミガメモドキたちもさすがにこの不安を察したのだろうか、『ウミガメスープの歌』を歌うなどしてアリスの気持ちをなごませようとしている。

すてきなスープ　とろりとみどり
熱いお鍋で待っている
こいつはどうにもこたえられない
ゆうべのスープ　すてきなスープ！
ゆうべのスープ　すてきなスープ！

おっと！　考えてみれば残酷な歌である。しかもスープの名前から生まれたウミガメモドキが歌うのだ。「涙にむせびながら」歌うのも当然なのである。自らの悲しみを圧し殺してまでアリスを楽しませようとしたのだろうか。

と、突然「裁判開始！」という声が聞こえてきて、一気に場面転換である。

18　不思議の国の裁判は、裁判官の王様が証人である帽子屋をとっちめるところから始まった

アリスはグリフォンに連れられて裁判所へ。

突然始まる裁判のシーンで、ウサギはいきなり廷吏となって登場し、裁判の進行を手伝う、いわば狂言回しの役を担っている。衣裳がトランプをあしらったものであることは、この裁判の主が何者であるかを暗示している。

裁判を目のあたりにすることはもちろん、裁判所に入ることもアリスは初めてである。しかし、本などを通して得た知識をたしかめることができるし、ふだんめったに使わないむずかしいことばを口にすることもできる！　だからアリスはうれしくてしょうがない。

あそこにいるのは裁判官だわ。そう、あれが陪審員！

陪審員——jurorということばは、いわば法廷用語だから、アリスはこのことばを知っていたことが誇らしい。それで何度も繰り返し口にする。そしてアリスは、トカゲのビルなど十二匹の生き物が陪審員をつとめているのを知った。裁判官は王様である。

さて、シロウサギがトランペットを吹き、巻き物をひらいて起訴状を読みあげた。いよいよ裁判の始まりである。

ハートの女王がパイ作った
夏のある日のことだった
ハートのジャックがそのパイを
そっくり盗んで知らん顔

これは童謡、マザーグースのひとつで、そのまま起訴状として読みあげられた。被告はハートのジャックである。すると直ちに裁判官たる王様が陪審員に「評決にとりかかれ」という。

これでは審理も何もない、裁判にならないではないか。それでシロウサギがあわてて、

やるべきことがたくさんあると王様をいさめ、そのおかげで、いかにも裁判らしい裁判が始まった。

まず呼ばれたのが証人。はじめに帽子屋である。帽子屋の時間は六時のティータイムのままであり、両手にティーカップとパンを持っている。帽子屋は、法廷にふさわしくないこの不作法についてまず詫びたのだが、帽子をかぶったままの失礼さには気づかず、王様に Take off your hat——帽子をぬげといわれる。ところが帽子屋、ふだんたくさんの帽子を扱っているために思わず It isn't mine——これは私のではありません、と、とんちんかんな答えをした。your hat——お前の帽子といわれたのが気になったのだろう。

王様は思いがけない返答に驚き怪しみ、自分のものでないのなら盗んだものだな、と問いつめる。帽子屋はここでやっと自分のミスに気づいて、自分が帽子屋であることを強調し、危機をのがれようとした。

ところが王様は帽子屋が帽子屋であることの証拠をあげよ、と迫ったあげく、ハートの女王主催の音楽会の参加者名簿を持ってくるように廷吏に命じた。

すでに、マッド・ティーパーティのシーンで記したように、この音楽会で帽子屋は失態を演じている。例のtwinkle twinkle——キラキラ光る、ではじまる歌の歌いそこねである。しどろもどろの帽子屋、つい、and the

時間との折合いがわるくなってしまった帽子屋は、6時のティータイムで時間が止まってしまったため、いつもティーとかじりかけのバタつきパンを持ってうろうろしている。このイラストを見ると、あのおかしなティーパーティからそのままぬけ出してきたようでもある。

ルイス・キャロルの別のファンタジー『シルヴィーとブルーノ』の挿絵を担当したハリー・ファーニスによるイラスト。裁判で帽子屋（後ろ向き）が証人尋問されようとしているシーンである。左にいるアリスは大きくなりはじめて当惑しているのだろうか。ちょっとおとなっぽい雰囲気に描かれている。

twinkling of the tea――お茶はキラキラ光るし、などとあらぬことを口走り、さらに王様に怪しまれる。

The twinkling of what?――なにがキラキラ光るだと?

あわてた帽子屋、そもそもお茶ではじまったと弁明――It began with the tea――したが、これがかえって王様を怒らせた。

Of course twinkling begins with a T!――twinklingということばがTで始まっているのは当り前ではないか、余をばかにしているのではないか、というわけである。同じ発音なのでteaをTととりちがえたのだ。

しかしまあとにかく、自分がしがない帽子屋にすぎないこと、つまり悪意はないことをさらに強調して、なんとか許してもらった。

ところで王様と帽子屋がこのようなやりとりをしているあいだに、アリスはなんの前ぶれもなく大きくなりはじめていた。となりに座っていたネムリネズミなどはアリスにぎゅうぎゅう押されて、こんなところで大きくなるなんて！　と怒りだしたくらいである。

アリスはこのネムリネズミの怒りに対して、You're growing too――あなただって大きくなっていくでしょう、と答える。これはアリスのへりくつである。同じ grow（大きくなる）でも、ネムリネズミの方は、順当な成長であって、アリスの方は超常現象ともいうべき伸び方だったのだから。

急に大きくなったアリスのために廷内は大混乱。イラスト右側の小動物たちは皆、陪審員としておとなしくしていた連中である。そんな騒ぎをよそに、イラスト左下でじっとしているのは書記官たちであろうか。こうした廷吏たちはいつでもどこでも沈着冷静なのである。

19 突然アリスが証人として呼び出され、法廷は大荒れ。アリスは叫んだ!

つぎに証人として登場した公爵夫人の料理番は、パイが何でできているかたずねられ、胡椒だと答えるほどの胡椒好き。

しかしこれを聞いて「糖蜜だよ」とまぜっ返した者がいた。ネムリネズミである。あのマッド・ティーパーティでも、糖蜜の井戸の話をしたネムリネズミである。しかし女王がこれに対してかんしゃく玉を破裂させた。「逮捕せよ！」にはじまり「首をはねよ！　つねってやれ！　ひげをちょん切れ！」と悪口雑言のオンパレード。

このあいだにくだんの料理番は退廷していて、次の証人が呼ばれる段になったのだが、そこで出てきた名は、なんと、

「アリス！」

アリスは、法廷で証人として呼び出されるなんてまったく思っていなかったので、びっくりして立ち上がったが、すでにからだが大きくなっているのを忘れていたために、まわりのものをひっくり返すやら何やらでまたひと騒動。

やっと落ち着いた法廷にシロウサギが新たな証拠文書を提出した。手紙のようである。筆跡は被告人ジャックのものではない。王様は、ジャックがだれかの筆跡をマネしたのだろうという。ジャックはもちろん否定する。だいいち署名もないではないか、と反論した。

この反論を王様はとらえた。なにか悪事を企んだからこそ署名しなかったのだろうというのだ。ひどい論理である。署名してあれば明々白々な証拠となるだろうし、署名がなければないで、犯罪の計画性を裏づける証拠になってしまうのだ。つまりどうころんでも有罪となる仕組みで、あわれなジャックは、この悪夢のような論理の罠にとらえられてしまったのである。

有罪！

しかし、ここでアリスが叫んだ、その手紙はなんの証拠にもならない、何が書いてあるのかもわかっていないじゃないか、と。

それでは、とシロウサギが手紙を朗読し始めるが、これが「かれら」とか「われわれ」とか「きみ」だとか、代名詞だらけの難解至極の手紙であった。アリスでさえ「だれか、いま聞いたことを説明できる人がいて？」というほどのシロモノである。いや、意味なんかまるでないのではないか！

おかしな裁判を進めていた主たちは、アリスにその正体を見破られたばかりか「ただのカードじゃないの」と強い口調でののしられたため、その衝撃でこのように舞いあがるハメになった。いかにも目覚め直前、夢の終わりの破壊的光景である。

しかし王様はひるまない。

もし意味がないのなら、それを見つける必要がないだけ面倒もないのだが、しかし意味はありそうだと言い、ひとつひとつ検証をはじめ、結局のところジャックの罪状を証明するような意味ありげな手紙にしてしまうのである。

そしてついに陪審員による評決が要求されようとする。

ところが女王がこれでは満足しない。「判決がさきよ。評決はあとから」

これでアリスの堪忍袋の緒も切れた。

ナンセンス！　そんな順序ってないわ！

女王も負けじと、アリスの首を切れ！

女王のこの乱暴ぶり、ばかばかしさに呆れ、興奮してアリスは叫ぶ。

Who cares for you? You're nothing but a pack of cards——「平気よ！　あなたたちみんな、ただのカードじゃないの！」

このとたん、すべての登場人物や動物たちはカードとなって空中に舞い上がり、アリスの上にふりかかった。そしてこれこそが、不思議の国での冒険のフィナーレであった。

夢は終わった。

カードは本当にただのカードにもどり、アリスは現実のアリスにもどった。

お姉さんのひざの上で目をさましたのである。

アリスから不思議の国の話を聞いてお姉さ

んが思うことは、アリスがおとなになってからも「子どものころの無邪気で愛にあふれた心をもちつづけていくだろうか」ということ。そしてアリスもやがて子どもたちにいろいろなお話を聞かせるようになるだろう。そのとき「アリスの胸は、子どもたちの幼い悲しみ、素朴な喜びとともにうちふるえていることだろう。それというのも、自分自身の子ども時代、とりわけあのしあわせな夏の日々を、いきいきと思い出すからなのだ」

『不思議の国のアリス』は and the happy summer days——あのしあわせな夏の日々、というフレーズで終わる。これは、アリスにこのお話を聞かせてあげたとき（夏の日の午後！）のことを、作者ルイス・キャロルがどのように感じていたかを、なによりも明白に物語っているのである。

アーサー・ラッカム描くラストシーン。トランプがまだ部分的に手足を出したり、驚いた表情を浮かべたりしている。

おしまいの一行がまっ先にできた長篇詩——『スナーク狩り』

『不思議の国のアリス』や『鏡の国のアリス』と同じくらいに、キャロル独特の言語感覚を駆使した作品として、『鏡の国のアリス』からほぼ五年後の一八七六年に刊行された長篇詩『スナーク狩り』The Hunting of the Snark があげられる。

この作品は、あとでキャロル自身が告白しているように、最後の一行（最初の一行ではない！）が散歩中にひらめいて、そこから書かれていったもので、まさしくキャロル的な作品といっていいだろう。

For the Snark was a Boojum, you see——さよう、スナークは、たしかに、ブージャムだったのだ。

これがその「最後の一行」である。

そして作品全体は、スナークという得体の知れないものを狩りたてるべく、航海と冒険が試みられたものの、結局この一行とともに無に帰するというストーリーである。スナークの正体はブージャムだった、といっても、そのブージャムとはいったい何者なのか、皆目見当がつかないまま、この長篇詩は終わってしまうのだ。

『スナーク狩り』表紙。

さてここで、この長篇詩のおもな登場者たちを紹介してみよう。どんな人物たちが登場しているかを知れば、この長篇ナンセンス詩全体の雰囲気をかなりつかめるはずだからである。

●登場者のプロフィール

Bellman——ベルマン。スナーク狩り隊の隊長でもあり、一行が乗り込んだ探検船の船長でもある。

ベルマンという職種は、鐘の鳴らし役で、このベルマンもやたら鐘を鳴らす。

Baker——ベイカー。職業は当然パン焼き。ただし、このベイカーはウエディング・ケーキしか作れない。まあそれはいいとしても、このベイカー、乗り込むとき、波止場に荷物をことごとく忘れ、ついでに名前も忘れてきてしまった！

しかしベルマンによると、ベイカーは格好も悪いしアタマも足らんが、勇気だけは申し分ないという。実はこの勇気こそが、最後にスナークを追いつめながらも自ら深い淵に消え去ってしまうという、悲しい運命を引き寄せてしまうのである。

Butcher——ブッチャー。肉屋であるが、屠殺できるのはビーバーだけという変り者。しかもこの探検船には一匹だけビーバーが乗り込んでいる。

しかしビーバーがあらかじめクギを差しておいたこともあって、けっきょく襲いかかったりはしなかった。それどころか、スナーク狩りの大事な場面で、同じ作戦に従事し仲良しにさえなったのである。なお、このブッチャーは見かけ倒しで、本当はたいへん内気な人物なのであった。

Beaver——ビーバー。他の隊員がすべてBではじまる職業名を名前にもっているのに対して、これだけが動物名。

しかも、スナークとの格闘の準備に、各メンバーが大わらわのとき、このビーバーだけがせっせとレース編みに励んでいたり、宿命的な敵であるはずのブッチャーがそばに近寄ると、そっぽを向きつつも恥ずかしげな様子をしてみたりと、どこか女性を感じさせる存在である。

Banker——バンカー。銀行員。予想に反して勇敢。しゃにむに突撃を図って、『鏡の国のアリス』の「ジャバウオッキー」の詩に登場した、バンダースナッチという怪物につかまってしまう。みんなの助力もあってなんとか追い払うことができて殺されなかったのは

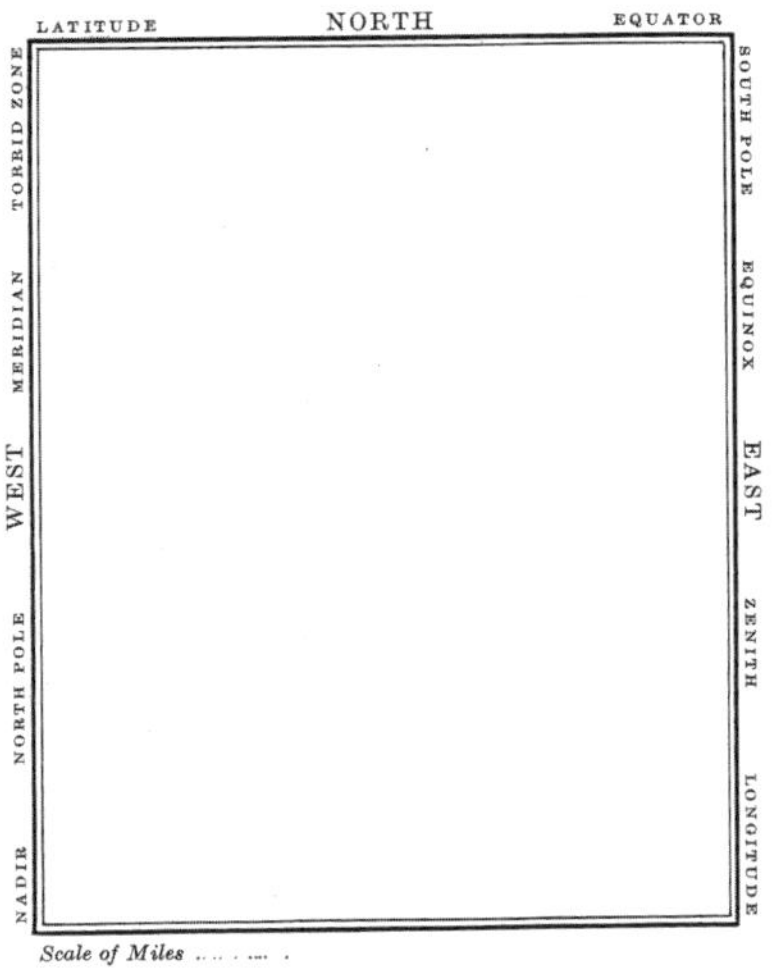

Ocean chart

挿絵はヘンリー・ホリディで、このナンセンス詩のナンセンスぶりを補完するおかしなイラストを10点描いている。右はラストシーンに付けられたイラスト。
ベイカーがひとり深淵に飛び込んで「スナークだ！」と叫び、一同がよろこんだのも束の間、ついで不吉な声が聞こえてくる。「ブー」と。そして静寂。ある者はそのあと「ジャム」と聞こえたというのだが、この不気味な静寂を描いたのがこのイラストで、ベイカーの顔らしきものをここに見ることもできる。上は、スナーク狩り航海に用いられた、何も描かれていない海図である。

幸いであった。

このほか、
Boots――ブーツ、ホテルの従業員。
Barrister――バリスター、弁護士。
Broker――ブローカー、仲買人。

等々、先ほども述べたように、すべてBを頭文字にもつ名前の人たちが隊員。

そしてスナークの正体とされている、肝心のブージャムも、Bを頭文字にもっていたのである！

●ベルマン所有の海図について

『スナーク狩り』のナンセンスぶりを語るとき欠かせないものに、ベルマンが買っておいた海図がある。左上の図がそれだ。

とにかく島とか岬とか、そんなものは何にも描いていない。

「いったい何になる、メルカトール法の北極とか、赤道とか、やれ回帰線とか、なんとか地帯とか、子午線とか?! それはただそう定まった印じゃないか！」

というわけで、これが一番いい地図。完全無欠のまったく真っ白。

それにしてもこの地図を頼りに航海をして、しかるべき島に上陸したというのは、いかにもキャロルのファンタジーならではの展開である。

アリスがこの地図を見たらどんな疑問を呈しただろうか。

第2章 アリスの「鏡の国」へ

『鏡の国のアリス』を読む

1 アリス、鏡の国でチェスの駒を驚かせる

ファンタジー『鏡の国のアリス』はアリスの「つもりごっこ」からはじまる。

アリスの「つもりごっこ」好きはこんなあんばいである。自分は飢えたハイエナで、年とった乳母を骨にしてしまったり（年とった乳母にどんなイメージを持っていたのだろうか。なんとも残酷なところのあるアリスである）、ネコのキティ（『不思議の国のアリス』で話題にのぼったことのあるダイナの子ども）をチェスの赤の女王にしようとしたりしている。ちなみにキティと、チェスの赤の女王とは、このファンタジーのラストシーンにも登場するのだが……

そして、鏡の向こう側へ行ったつもりでキティに話した世界は、なにもかもがあべこべの世界！

左右だけではない。ミルクの味までちがってしまう世界！ アリス・ファンタジーの研究者でもあるマーチン・ガードナーの注釈によると、ミルクの組成分子の構造を左右逆転させると、確実にまずくなるそうである。味まで逆転してしまうという冗談は、どうも冗

鏡が溶けてその裏側にすり抜けるアリス。テニエルのイラストでは、鏡の前にあった時計や花びんが、鏡の裏側（左）ではニコニコしたり、おかしな顔をしたり、生きものとなっている。この大きな鏡はLooking-Glassと記されているが、作者キャロルとGlassとの縁には浅からぬものがある。得意とする写真術に用いるカメラの、ファインダーにあたるすりガラス（そこにはレンズがとらえた像が映し出される）は、やはりLooking-Glassでありうるし、撮影のためのスタジオは、外光をできるだけ採り入れるためのガラス張りで、Glass-Houseと呼ばれていたのである。

アリスの冒険のはじまりにネコは欠かせない存在である。不思議の国への冒険では、地下への落下中、ネコのダイナに思いを馳せたり、出会ったネズミや鳥たちにダイナを自慢していやがられたりしている。鏡の国への冒険では、ダイナの子のキティがきっかけを作っている。

アリスが見たのは、チェスの駒がそれぞれキャラクターとなっていきいきと動いている情景であった。左手前にキングとクイーン。左奥をルーク（戦車役なのだが城の格好をしている）が行き、右手前にはビショップ（僧侶）らしき者が。そして右奥に明らかにナイト（騎馬）がおり、中央奥にポーン（兵士）がいる。このイラストには、チェスのキャラクターがすべて描かれている。

談ではなさそうなのだ。

そうこうしているうちに、つもりどころか、鏡が溶けはじめ、アリスは鏡を通り抜けて、鏡の家に入っていってしまうのだった。

そこはやはり、すべてが普通ではないところで、時計がイラストでもわかるようにニコニコ顔だったり、壁の絵がまるで生きているようだった。

アリスがさらに驚かされたのは、炉の燃えさしの中にころがっていたチェスの駒が、二つ一組になって歩きまわっていたことである。赤の王様と赤の女王がペアになっていたりしているわけだが、面白いことに、彼らからはアリスの姿が見えないのであった。

アリスのうしろのテーブルで、白の「歩（ポーン）」がひっくり返ってばたばた騒いでいると、これをききつけた白の女王が「It is the voice of my child!（子どもの声だわ！）」と、これを助けようとテーブルによじ登ろうとする。将棋と同じように、「歩」は動ける範囲がいちばん小さい、言い換えるといちばん弱い駒なのだが、チェスでは敵陣に入るといっぺんに女王になれるので、女王の子どもというわけだ。

アリスは、女王が、子どもを助けようとテーブルの脚にしがみつき登ろうとする姿を見て、手助けしたくなり、思わず女王をテーブルの上へつまみ上げてしまった。自分の意志にかかわりのないこの急激な移動に度肝を抜かれた女王は、王様に警告する。

「火山にお気をつけあそばせ！　わたしを噴きあげたのです」

人を一瞬のうちに移動させるようなパワーとして、火山の噴火ぐらいしか思いつかなかったのである。ちなみにアリス・ファンタジーの同時代の冒険小説、フランスのジュー

ジュール・ヴェルヌの『地底旅行』で主人公のハンスたちは最後に、地底深くから溶岩とともに地上に噴出する。それは一瞬のあいだに起こるできごとで、その直前までハンスたちの乗ったいかだは、溶岩の上で激しく揺れ動いていた。赤の女王も、また王様も、まさしくこれと同じような、わけのわからない瞬間移動をしたわけである。

ル・ヴェルヌの『地底旅行』では、地下深くもぐった主人公が、火山の噴火の勢いで地上に舞い戻っている。このシーンがイメージとして作者にあったのかもしれない。

　さて女王の警告に従って、王様はゆっくり登ることになる。いらいらするアリス。結局のところ、そっと王様をつまみ上げ、ゆっくりゆっくりテーブルの上へ運んだ。

　これではかえって王様を驚かせる。なにしろアリスは見えていないのだから、王様は、何ものかに動きを奪われ、がんじがらめにされて宇宙遊泳をしたのである。この体験は王様にとって忘れがたいものになるだろう。

　それで王様が「ぜったいに忘れんぞ！」といったところ、女王に軽くいなされてしまう。忘れてしまうでしょうよ、と。そして、忘れないようにメモしておかなければね、という女王にうながされて手帳をとりだした王様だが、いざ書きつけようとしたとき、またまた見えないアリスが鉛筆を動かしたものだから、書こうと思ったこととまるでちがったことを書いてしまった。

　初めからこれでは、この鏡の世界でも、あの不思議の国と同様、アリスは大胆な行動をとりそうである。

2 鏡を通して見ればちゃんと読める文字

　白の王様たちのいるテーブルの上に一冊の本があった。めくってみると図のようなページが目に入った。

JABBERWOCKY

'Twas brillig, and the slithy toves
Did gyre and gimble in the wabe:
All mimsy were the borogoves,
And the mome raths outgrabe.

鏡文字で書かれていた「ジャバウォッキー」と題する詩。この横に鏡を立てることによって少なくとも文字は普通の見え方になるが、それぞれの単語となると、意味不明のものが多い。つまり二重に難解な構造を持つ詩なのである。

このままではちんぷんかんぷんだが、賢明にもアリスは、ここが鏡の国であることを思い出して鏡にかざしてみたら、ちゃんと見えた。

　さて『ジャバウォッキー』というこの詩がちゃんと見えたのはいいが、意味はさっぱり。

ゆうまだきにぞ　ぬめぬらとおぶ
にひろのちにや　ころかしきりる
うたてこばれたる　ぼろこおぶ
えかりたるらあずぞ　ひせぶる

　ここでちょっと先まわりして、後に登場する、ことばにうるさいハンプティ・ダンプティ氏の解説を高山宏訳で整理しておこう。

【ゆうまだき】夕方の四時。

【ぬめぬら】ぬめぬめ＋ぬらぬら。ぬめぬめは「元気な」という意味。

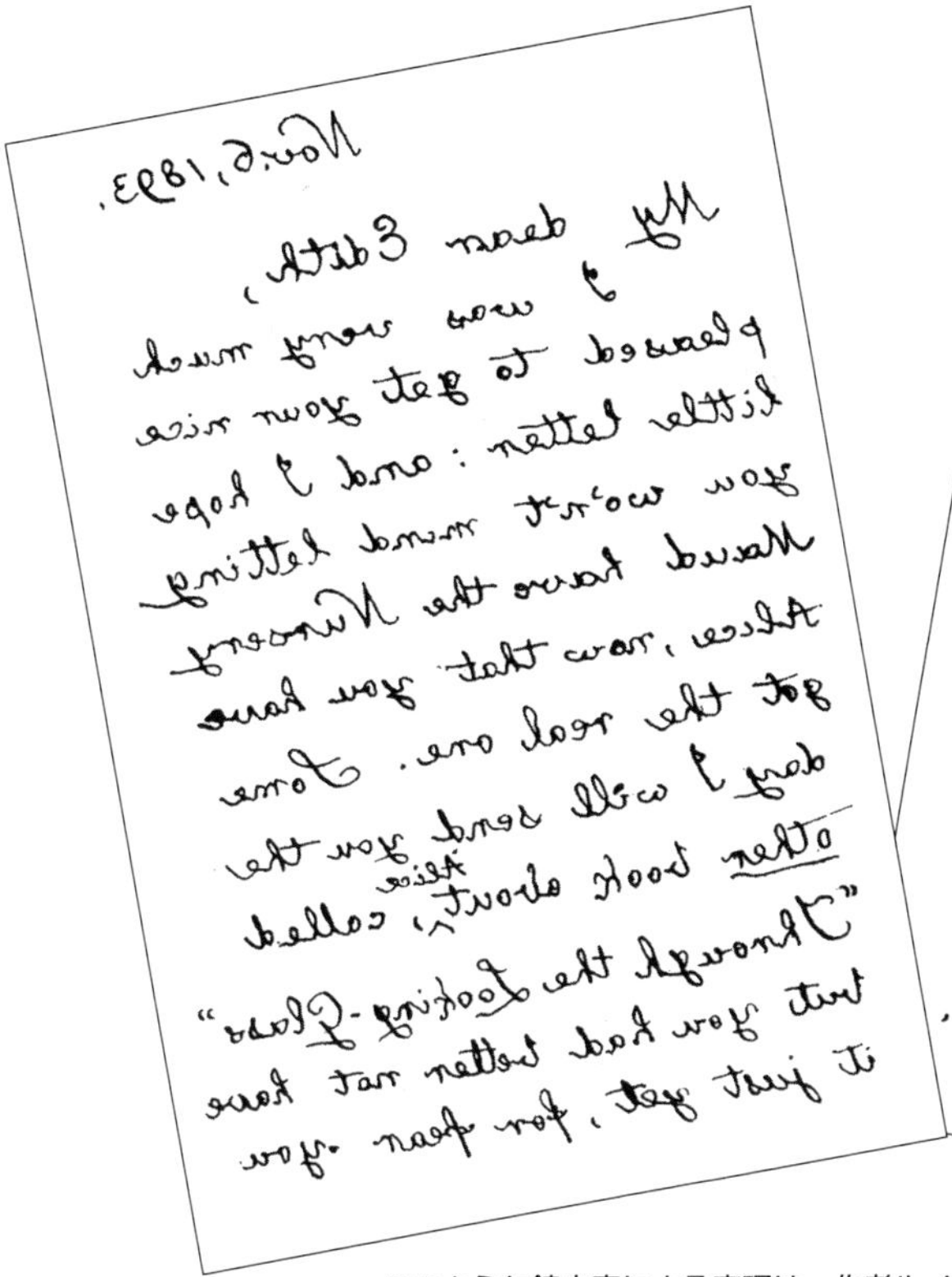

Nov. 6, 1893.
My dear Edith,
I was very much pleased to get your nice little letter: and I hope you won't mind letting Maud have the Nursery Alice, now that you have got the real one. Some day I will send you the other book about Alice, called "Through the Looking-Glass" but you had better not have it just yet, for fear you

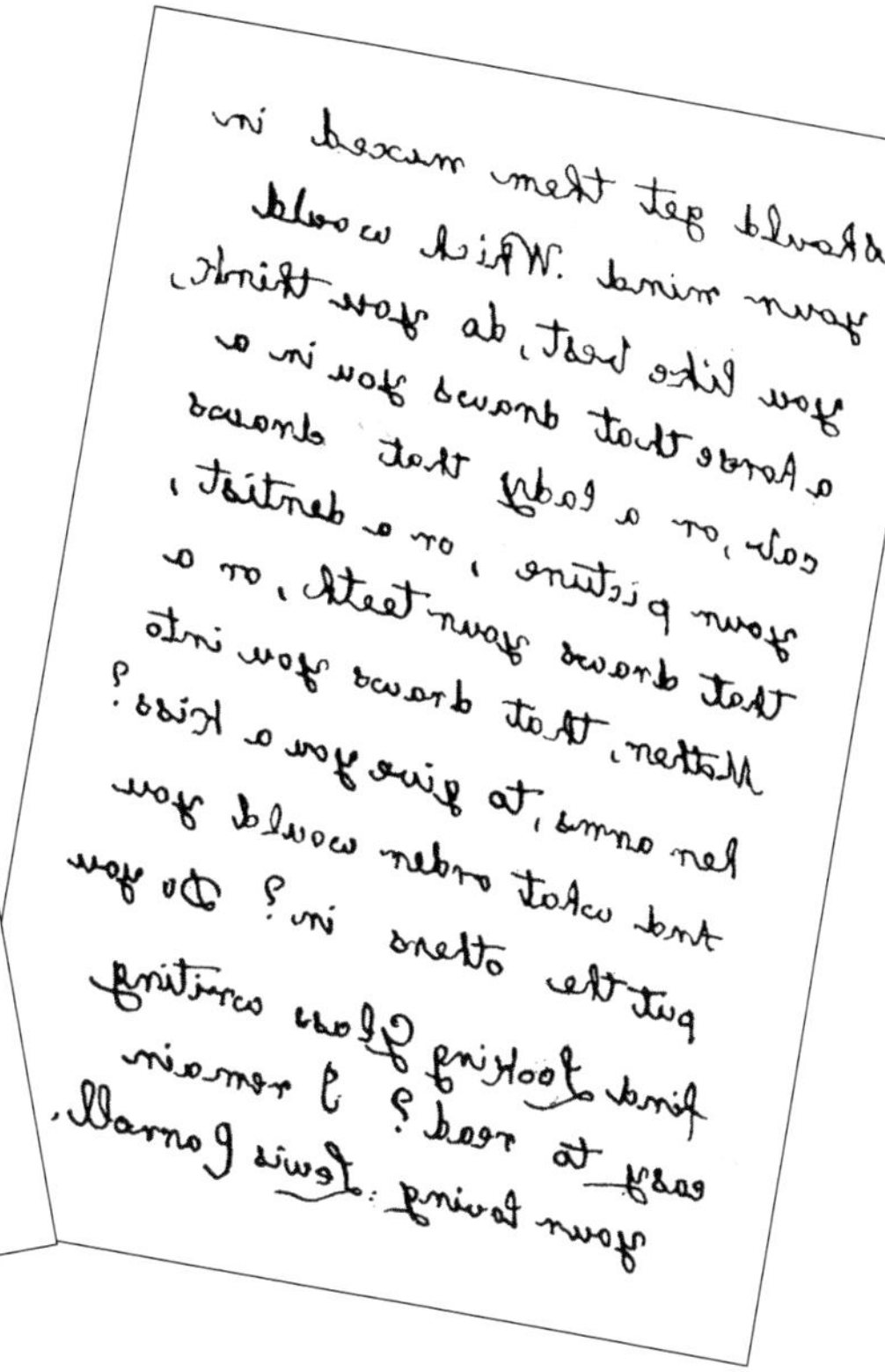

should get them mixed in your mind. Which would you like best, do you think, a horse that draws you in a cab, or a lady that draws your picture, or a dentist, that draws your teeth, or a Mother, that draws you into her arms, to give you a kiss? And what order would you put the others in? Do you find Looking-Glass writing easy to read? I remain your loving Lewis Carroll.

このような鏡文字による表現は、作者ルイス・キャロルの得意とするところであって、このような手紙まで書いているのである。これは1893年（『鏡の国のアリス』刊行から20年以上経てからのものだが）に少女友だち、イーディス・ボールに送られた手紙の一部である。


【とおぶ】穴熊に似てトカゲに似てワイン・オープナーに似たもの。

【にひろのち】前にひろびろ、後にひろびろ、横にひろびろという地。

【ころかす】ころころ転がること。

【きりる】錐みたいに穴をあけること。

【こばれたる】こわれた+はばかられる。

【ぼろこおぶ】やせて見ばえのしない鳥。羽だらけで、生ける柄ぞうきんという格好である。

【えかる】家を離（か）るの短縮形。道に迷ってしまった意。

【らあす】緑色のブタの一種。

【ひせぶ】ほえるのでもなく、さえずるのでもなく、その間にくしゃみみたいなものがはいる音。


さて、こんなわけのわからない詩にかかわり合うのをやめて、外の庭を見ようと思ったアリス、さらに「あのお山のてっぺんに出たら、もっとよく見えるのかもね」と考えるのだが、そこへ到る道はといえば、道どころか迷路。それも、どんなに進んでいってもいつも元の所に戻ってきてしまう、悪夢のような迷路なのだ。

じつはこのような迷路は、私たちが鏡をのぞきこんだときによく体験する迷路である。あちらと思えばこちら、遠くと思えば近く。なかなか思ったように進めない。

アリスはいらだって「こんなに人のじゃま

「ジャバウォッキー」でうたわれたおかしなキャラクターたち。
（手前左から）
toves＝ワインオープナーのような、とおぶ。
borogoves＝やせて見ばえのしない、ぼろこおぶ。
raths＝緑色のブタの一種、らあす。

なんとも恐ろしげなジャバウォッキーである。ナンセンスの塊といってもいい怪物だから、構造もまるででたらめなのである。ちなみに、はじめはこのイラストをトビラ（本の巻頭）にもってこようとしたが、ルイス・キャロル自身の意向で「白い騎士とアリス」という、ハッピーな雰囲気をもつイラストに代えられた。さもありなん、である。

ばかりするお家なんて見たことないわ！」と叫んだものの、目指すお山は相変わらずでんと構えている。

気をとり直したアリス、再びスタートするが、今度はおかしな花壇に入って行った。

3 花壇では花たちがうるさいほどおしゃべり

花壇に入るとアリスの目の前にオニユリが。思わず、あなたがお話をすることができればいいのにね、と。するとすかさず We can talk——話せますよ、との返答。話すに値する相手がいればだが、という条件付き。アリスは話すに値すると認められたのだろうか。しかしそんなことを気にするアリスではない。かまわず話を進めるのであった。

こんな所に植えられて恐くはないのかと聞くと、そのために花壇のまん中に柳の木があるのだとバラが答える。柳の木に何ができるのかと重ねてアリスがたずねると、今度はヒナギクが、柳の木は吠えることができる、Bough-Wough（バウワウ）ってね、という。Bough-Wough は Bouwou（バウワウ）という犬の吠え声と同じ音だから吠えると言っているのである。さらに、そうやって吠えることができるから木には Bough——枝があるのだ、と念を押してきた。

と、ほかのヒナギクたちがいっせいにアリスを非難しはじめる。えーっ、そんなことも知らないの！

こういう思いがけない非難に対してアリスはかんたんには降参しない。それどころかしっかり逆襲に転じる。If you don't hold your tongues, I'll pick you――おしゃべりをよさないと引き抜いてしまうわよ。花びらがtongue――舌に似ていないこともないから、そいつを引き抜いちゃうぞというニュアンスの、この脅しはさぞきいたことだろう。ヒナギクは、ピンク色からさっと青くなってしまった。

　ところでどうして花がおしゃべりできるのか、アリスならではの不躾とも思える質問には、オニユリが「地面にさわってみな」と答える。

それで地面に触れてみるとやわらかくなく、固い。オニユリの説明によると、ふつうはbed（寝床のほか、植物の苗を植える苗床の意味もある）がやわらかすぎるから、花たちが眠ってしまうのだという。ここのベッドは固いから眠るどころではなく、ずっと起きているからおしゃべりするようになったというわけなのだ。

　こんな会話を交わしていると、バラが、アリスのように動きまわれる花が「もうひとつ」この庭にあるという。アリスは自分が花の仲間と目されていることに対しては文句をいわず、「もうひとつ」が何者であるかということに興味をそそられる。詳しく聞くと、それはアリスと同じように変な格好をしていて、アリスより赤く、とげを九つも持っているという。

　まるでなぞなぞだが、このなぞなぞを解くひまもなくやってきたのは赤の女王。九つのとげとは女王の冠のことだった。

　しかし、アリスが鏡をすり抜けたばかりのとき見かけた赤の女王は、まさしくチェスの駒であり、手にとれるほどの大きさだったのに、今ではアリスよりちょっとばかり背が高くなっている。バラによれば、ここは空気がいいから、成長が早いのである！

　さっそくアリスが赤の女王のところに行こうとすると、バラの忠告があった。「逆の方へ歩いて行け」と。たしかにここは鏡の国でありすべては逆なのだ。

　結局アリスは試行錯誤を繰り返した末に、女王がいると思われるのと逆方向に向かったら、女王にばったり会うことができたのである。

鏡文字で書かれた詩を読んでは見たもののちんぷんかんぷんのアリス、山の上に出て全体を見渡そうと考えたまではよいが、すんなり山の上へ行きつけない。不快な迷路でとまどうアリスは花壇の前に出た。うるさい花たちを黙らせたりしたアリスだが、赤の女王がこの花壇周辺にいると知ってそこへ行こうとしたとき、花壇のバラが、行きたいと思う方向と逆のほうへ行けばよいのだと貴重なアドバイスをしてくれた。これは鏡の国の原則のようなもので、そのとおりにしたら赤の女王に出会うことができたのである。

4 チェスの駒、赤の女王にこの国のおおよそをおしえてもらう

　赤の女王にどこへ行くのかとたずねられて、アリスは lost my way――道に迷ってしまったのですと答えるのだが、赤の女王はけげんな顔。my way という表現を使ったことに対して、your way――お前の道だって！　このあたりの道はみんなわたしのもの――belong to me なのに！　べつにアリスだっ

て「私の道」だなどと主張したわけではないのだが。

　次に女王から発せられたのは、なぜここへやってきたのかという質問。

　アリスは素直に庭の様子を知りたかったからと答えるのだが、女王はアリスが「庭」といったのをとらえて、自分が見てきた庭とくらべれば、これなど庭じゃない、荒れ野だという。

　次にアリスが、あの山のてっぺんに行きたかったというと、あれは山なんていうもんじゃなく谷同然だと女王はいう。

　まるで逆の見方なので、そんなナンセンスな！　とアリスが抗議すると、私の知っているナンセンスにくらべればこれなんか辞書と同じくらいsensible――まともなことだという。ここまでいわれるとアリスは黙るばかり。しかしへこたれたのかというと、そんなはずはない。おそらく、そんなにすごいナンセンスってどんなものなのかしらんという好奇心がアタマをもたげてきて、まだまだこの奇妙な世界を探ってみたくなったにちがいない。

　とにかくお山のてっぺんに着いたのだが、そこから眺めた光景はおそろしく奇妙なもので、全体が小川と緑の生垣とで碁盤の目のように区切られていて、市松模様のチェス盤そっくりなのであった。

　このファンタジーでは、チェスの駒がキャラクターとなって活躍するだけでなく、その舞台そのものまでチェス盤なのである。

　この、大きな大きなチェス盤を見てアリスは大よろこび。自分も駒となって動くことができそうだからである。赤の女王に、もちろん「女王」であれば最高なのだが「歩」でもいい、と望みを話したところ、白の「歩」になることをすすめてくれた。「歩」でも、八つめの目、つまり敵陣奥深くまで進めば「女王」になれる。赤の女王に対する白の女王になれるのである。

　というところで、突然女王はアリスをひっぱるようにして走りはじめた。それもなまなかなスピードではない。風を切り、髪の毛が強くなびいてちぎれてしまいそうなほどの猛烈なスピードなのだ。それにもかかわらず、まわりの風景がうしろへ流れることなく、いつまでも同じに見えたのは、アリスにとってとても不思議なことだった。

　なぜこんなことが起きるのか女王に問いただそうとするのだが、女王はただひたすら急かせるばかり。

　やっと止まったと思ったら、なんと、なんと、

赤の女王をはじめて見たときは、つまみ上げた白の女王と同じ大きさだったはずだが、今はアリスよりむしろ大きくなっている。そしてこの赤の女王から、ここはチェスの国でもあるから白の「歩」になることを勧められる。敵陣深く8の目まで進めば女王になれるからである。

突然赤の女王が猛烈なスピードで走り出した。ここでは同じ場所にいるためには全速力で走らなければならないのだという。だからこのイラストのような感じで走ってもたどり着いたのは元のところであった。移動するにはその倍の速さでなければならないという。ということは、この物語はゆっくり展開しているようでいて実は、恐るべきスピードでアリスは移動しているのである。
赤の女王はほかにも、アリスが巨大なチェス盤の目を進んで行くとき、どの目で誰に会うのかをあらかじめおしえてくれた。貴重なガイド役でもあったのである。

キング（王） 王冠の形の駒。将棋の王将と同じで周囲に１マスずつ動ける。この駒を取られると負けとなる。
クイーン（女王） 王冠の形の駒。前後左右斜め、どの方向にも大きく動かせる強力な駒。
ルーク（戦車） 塔または城の形の駒。将棋の飛車同様前後左右に大きく動かせる。
ビショップ（僧侶） 僧侶のかぶる帽子の形をしている。将棋の角行と同じように、斜め方向なら大きく動かせる駒。鏡の国にはなぜか登場してこない。作者のルイス・キャロルがこの駒に痛手をこうむったことがあるなどして、あまり好印象を持っていなかったのかもしれない。
ナイト（騎士） 馬の顔の駒。将棋の桂馬よりもさらに変則的な動きをする。鏡の国ではそのため、乗馬のへたな騎士として描かれている。
ポーン（兵士） 将棋の歩と同じで前に１マス進む。条件によってはもう少し複雑な動きもできる。そのひとつが最初の位置から動く時だけ２マス動いてもいいというもの。アリスは女王と別れて最初に２マス先に進む。また、敵の駒を取るときは斜め前に動く（逆に前にある駒はとれない）。そして敵陣のいちばん奥のマスに入ると、なんとクイーンにもなることができるという特徴をもっている。アリスはこのポーンとなって鏡の国で動きまわり、最後はクイーンになる。

ナイトは下の図の矢印の先のどこにでも動くことができる。

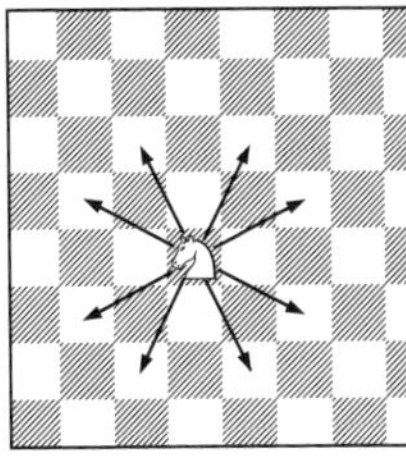

アリスが見渡した風景は市松模様になっていて、これはまさしくチェス盤とまったく同じ模様であった。アリスはすでにチェスに加わっていたのである。

『鏡の国のアリス』の冒頭には左の図のようなチェスの盤面と棋譜が載せられている。下が白の陣地で、アリスは下から２番目の列のまん中のマスにいる白のポーン（右隣の駒が赤のクイーン）。赤の陣地である上の一番奥の列のマスまでたどりつくとクイーンになることができる。

まわりの風景も変わらないし、走りはじめる前と同じ場所だった――Everything's just as it was!――何もかも元のままだわ！ アリスのこの驚きに対して、女王は平然とOf course it is――当然ですよ。冗談じゃない。私の国では、これだけ走ればどこかへ着いているはずよ。

これに対する女王の感想はというと、なんてのろい国なの！ ここでは同じ場所にいようと思ったらできる限り速く走り、移動しようとするのなら、少なくともその二倍のスピードで走らなければならないのよ！

まことにナンセンスというか、不可解きわまりない論理がまかりとおる、恐ろしい国である。

さてひと休みしてから、女王はアリスにこれからのプログラムをおしえてくれる。チェス盤をどのように進み、どこでどのような者に出会うかをアリスはあらかじめ知らされることになるわけだが、女王はここで肝心かなめのクギも刺す。

and remember who you are!――自分が何者なのか忘れてはいけない！

かつてアリスは「不思議の国」において、体の大きさがしょっちゅう変わるので、自分が何者であるかわからなくなることしばしばであった。

そしていま「鏡の国」ではチェスの駒となって盤上を移動するので、自分が何者であるか、つまりどんな種類の駒であるか、いつもしっかり認識しておくべきだというのである。自分が何者であるかを知らないと、盤上での動き方がわからなくなってしまうことも、女王が警告を発する理由になっている。チェスでは、将棋と同じように、駒の種類によってそれぞれ動き方が限定されているのである。

5 いつの間にか乗った汽車の中で おかしな連中に囲まれたアリス

女王と別れ、盤上の次の目に進むはずのアリスだったが、いつの間にか汽車の中。

汽車はアリスの時代にその存在を際立たせた乗り物である。蒸気機関をはじめ、レール製造やその敷設など、当時の最先端技術を結集し、たくさんの人や物を同時に、馬より何倍も早く、しかも遠くまで運ぶ乗り物として輝いていた。

そういう汽車の中に坐っていたのである。それ自体夢のような出来事だったが、場面転換の早さも夢のようだった。

さっそく車掌が窓から顔を突っ込んできて、アリスに切符を見せるようにいった。

この奇妙な汽車の座席のシーンは、ミュージカル（ルイス・キャロルの時代はオペレッタ）の1シーンのようである。たくさんの乗客らしき声のコーラス（陰コーラスである）が流れ、目の前の白い紙服の紳士から始まり、山羊、そしてイラストには見えないが、かぶと虫と順々にセリフを言い、さらにこの席の左奥へとセリフの順序は進んで行くという具合なのである。
このシーンはルイス・キャロルの鉄道好きと舞台好きが融合したシーンでもある。はじめて汽車が客車を継いで、ストックトン・ダーリングトン間を走ったのが、キャロル誕生のわずか7年前。それから鉄道は急速に発展し、そのネットワークもどんどん拡充していったのだから、キャロルは幼いときからずっと鉄道への好奇心を刺激されつづけたと言ってよい。

と、すぐにたくさんの声がコーラスでアリスに呼びかける。まるでミュージカルの一シーンである。

「彼を待たすんじゃないよ、子ども！　車掌の時間は一分一〇〇〇ポンドの値打ちがあるんだぞ！」

もちろんアリスは切符など持っていない。コーラスによると「あの子が来たところには切符売場用の土地もなかったんだ。その土地は一インチ（なんと面積ではなく長さの単位でいっている！）が一〇〇〇ポンドの値打ちがあるんだ！」

どうやらここでは何でもかんでも一〇〇〇ポンド（ちなみに現在の日本円で二〇〇〇万円ほどの価値）単位で値打ちがはかられるようだ。実際、汽車の煙にまで、ひと噴き一〇〇〇ポンドの値がつけられた。

アリスが切符を持っていないことについて、こんなふうに大げさにいわれるのなら、もう何をいってもしようがない、と思ったとき、コーラスが応える――「何もいわないのが賢明。言葉は一語一〇〇〇ポンドの値打ちがある」と。ただしこのコーラスは声に出したものではなく、あろうことか「考えた」コーラスなのである。singing in chorus――コーラスで歌うのではなく、何もいわないのが賢明であるがゆえに thinking in chorus――コーラスで考えるとは！

さてここで車掌の出した結論は、アリスが汽車を乗りまちがえたということ。望遠鏡か

ロンドンとオクスフォードを結ぶパディントン駅。ちなみに世界最初の地下鉄は、1863年、つまりアリス・ファンタジーが生まれたボート遊びの翌年に、パディントンとロンドン中心街との間に開通した。

ら顕微鏡、はてはオペラグラスまで持ち出してアリスを仔細に眺めたうえでの結論である。どうやらこの車掌は作者ルイス・キャロルに似たレンズ・マニアだったようだ。もちろんそんなに詳しく見たからといって、ことの原因まで突き止められるはずもないのだが、肉眼で見えないものまで見せてくれる光学機器の能力からすれば、そのようなことも可能になるというわけである。

かくして車掌はアリスの乗りまちがえを指摘したのだが、だからといってアリスを降ろそうというのでもなく、そのまま汽車は走って行く。さすが鏡の国で、向かうべき方向をまちがえるなどということは日常茶飯事で、いちいちとがめたりしていられないのだ。

というわけでアリスがそのまま座席に腰かけていると、まわりの乗客キャラクター、山羊やらかぶと虫やらがかわりばんこにアリスに意地悪をいう――

自分の名前がわからなくたって、どっちに行くのかぐらい知らなくちゃ。

自分の名前が書けなくたって、切符売り場ぐらい知らなくちゃ。

貨物扱いでここから戻るべきだ。

郵便がいいよ。切手を貼っているんだから――she must go by post, as she's got a head on her――アリスが head（頭）をもっているのは当然だが、当時 head は切手を意味することばでもあった。

とまあ、こんなぐあいににぎやかなこと！と突然、汽車の金切り声！

汽車が小川を飛びこえるというのだ――これは、アリスがチェス盤の四の目に飛ぶことをいっている。アリス自身そのことははっきり認識している。二の目から一気に四の目へ行くには、三の目はまぼろし。そのまぼろしこそがこの汽車だったのである。

6 大きな蚊との面白くて哲学的なところもある「名前」論議

汽車のひと跳びを経て、またまた夢のようなすばやい場面転換である。

アリスは大きな木の下にいた。気がつくと、大きな蚊がその羽でアリスをあおいでいる。もちろんそんなことにびくびくするアリスではない。さっそくその蚊とお話をする。話題はなんと「虫」についてである。まずは虫の「名前」論議だ。

アリスが、虫の名前を挙げようとすると蚊が、その虫たちは名前を呼ばれたら答えるんだろうね、という。アリスがびっくりして、そんなことはないというと、では何のための名前なのかと蚊に問われたので、賢明なアリスは答える――No use to them, but it's useful to the people that name them――虫たち自身には役に立たないけど、名づけた人たちには役に立つのだ、と。たしかに名前にはそんな性質がある。

ここでいよいよアリスは知っている虫の名前を挙げてゆくのだが、それに対して蚊は、いちいちこの国での名前をおしえてくれる。

たとえばアリスが Horse-fly（ウマバエ）という名前を挙げると、この国には Rocking-horse-fly がいるという。Rocking-horse は揺り木馬のこと。つまり揺り木馬＋ウマバエで「ユリウマバエ」という名前になる。自らを揺り木馬のように揺らしながら、枝から枝へと移動してゆく虫だという。それにしても horse――馬を仲だちにして昆虫を生み出すとは、大胆というべきか、何というべきか。

ユニークな生き物の名前にしたがって、テニエルはこのようなイラストを描き出した。上は、ユリウマバエ。

モエブドウトンボ。

また Dragon-fly（トンボ）に対しては Snap-dragon-fly。

Snap-dragon というのは、当時の子どもたちがクリスマスの頃やった遊びで、ブランデーにほしぶどうを浮かべ、これに火をつけ、火のついたそのほしぶどうを口の中にほうりこむというもの。この火のついたほしぶどう自体も Snap-dragon と称した。したがって Snap-dragon-fly は、頭に火がついた虫で「モエブドウトンボ」となる。これを知ったアリスは、虫が誤ってか好んでか、しばしばロウソクの火に飛びこむのは、そうか、モエブドウトンボのようになりたかったからだと納得したようす。「飛んで火に入る夏の虫」と日本のことわざで言われてきた虫も、みんな Snap-dragon-fly にあこがれていたのであろうか。

さらに、Butterfly（チョウ）に対するのは Bread-and-butter-fly。

バタツキパンチョウ。

Bread-and-butter はご存じ、バタつきパン。したがって虫の名はバタツキパンチョウ。べとべとしたチョウが思い浮かんでしまうが、クリーム入りのうすい紅茶をのんで生きているという。それにしてもチョウの英語 Butterflyにバターが含まれているとは気づかなかった！

さてこうした奇妙な虫の紹介が終わって、ふたたび名前論議がはじまる。蚊がアリスに、自分の名前をなくしたくないだろうねと聞いてきた。アリスにしてみればもちろんそんなことは考えたこともない。しかし、名前がなければとても便利なのにと、蚊は独特の名なし論を展開する。名前がなければ、たとえば「勉強しなさい！ アリス！」も「勉強しなさい！」だけとなり、ずっと迫力がなくなるというのである。

たしかに名前が思いがけない力を発揮することがある。国際社会において名指しで非難すれば、重大な問題をひき起こすこともあるし、「指名」手配は犯人を追いつめる。

それにしてもこの蚊は、なぜか名前というものについてなみなみならぬ関心をもっているようだが、これはアリスが次に行くはずの「名なしの森」を十分意識してのことだったのかもしれない。

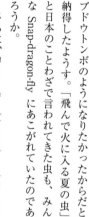

7 名なしの森を仔鹿と行く至福のアリス

蚊と別れてアリスが歩いてゆくといよいよその「名なしの森」——the wood where things have no namesである。

名なしの森に入ったアリスは、さっそく名なしの森という名前も、森の中の木々の名前も忘れ、たしかに名なしの森に入ったことを知る。そして自分の名前も忘れてしまい、またまた「不思議の国」でおなじみのwho am I?——私はだれなの？　という疑問にぶつかる。

やがて向こうから仔鹿がやってきてアリスに名前をたずねた。アリスは答えたくても自分の名前を思い出せない。

Nothing. just now——いまは何ものでもない、名なしなの、というほかはなかった。もちろん仔鹿のほうも、自分の名前をアリスに教えられないでいる。ただし、もうちょっと行ったら教えられるということはわかっている。I can't remember here——ここでは思い出せないんだ。

そしてとうとう名なしの森を抜け出た！　とたんに仔鹿がうれしそうに叫ぶ。I'm a Fawn! And, dear me! You're a human child!——「ぼくは仔鹿だ！　そして、びっくり！　君は人間の子どもだ」

こうして仔鹿は走り去ってゆくのだが、名なしの森の中での、アリスと仔鹿のあいだに流れる信頼感は、名前がないぶん、強く深かったように思える。その相手がどんな名前（種類や肩書きを含めて）を持っているかで、信頼の度を強めたり弱めたりするような、名前に頼った関係ではなかったからだ。なんとも魅惑的な夢のような森だったのである。

このシーンではアリスも仔鹿も通常の意識を失っている。自分の名前や、物の名前をすべて忘れている。一種の酩酊あるいは浮遊感覚を味わっているのである。

8 森の中でトゥイードルダムとトゥイードルディーのふたごに出会うアリス

さて名なしの森を抜け出たアリスだが、またまた森の中。ここにはふたつの道しるべがあり迷ってしまいそうだが、そのふたつとも一本の道を指しているからまちがいようがないのだった。

ひとつは

'TO TWEEDLEDUM'S HOUSE,'

そしてもうひとつは

'TO THE HOUSE OF TWEEDLEDEE.'

というものだった。つまるところトゥイードルダムとトゥイードルディーは、同じ家に住んでいると推測できる。アリスは森の出口をたずねるためにそこへ行こうとしたのだが、途中で明らかに当人たちと思えるふたりに出会った。

ふたりがじーっと立っているのでアリスもつい、彼らが生きていることを忘れてしまった。

ダムがさっそく怒る。もし自分たちを見世

物の「ろう人形」だと思っているのならお金を払うべきだと。

　この頃のイギリスはろう人形の全盛期。頭髪を一本一本植えつけたような精巧なものも人気を呼んでいたし、有名なマダム・タッソーのろう人形館はすでにロンドンで多くの見物客を集めていた。

　それでアリスも、じっと動かないふたりを見て、「もしかしたらろう人形では」と思い、ふたりもそんなアリスを見て、アリスが「もしかしたらろう人形では」と思っているのではないかと、問いただしたのである。

　そしてディーは、もし生きていると思うなら、アリスから口をきくべきだというのである。

　これは当然の言い分だから、アリスは謝ったうえで森の出口をきこうとしたのだが、ふたりを見ているうちに、何となく小学生を相手にしているような気持ちになって、まずダムを指さして First Boy!——ハイ、君！ そして次にディーに Next Boy!——ハイ、次！


アリスが出会ったトゥイードルダム（左）とトゥイードルディ（右）。このふたごに思わず見とれていると、ろう人形だと思っているならお金を払うべきだといわれてしまう。当時すでによく知られていたマダム・タッソーのろう人形館を思い浮かべてのことだ。

テニエルの描いたダムとディーには原型らしきものがあって、1861年の「パンチ」掲載の「ブル坊ちゃまと歯医者」と題された右のイラストはそのひとつである。この服装はある時期における男子小学生の標準的なものだった。それをダムとディーにも着せたのである。

と言ってしまう。
　これでふたりはふたたび怒ることになる。人を訪ねたらまず、こんにちはとあいさつし、そして握手、それが礼儀だというわけだ。
　そういいながらふたりはお互いに抱き合って、あいているほうの手をアリスに向かってさし出した。それぞれ一本、計二本の手である。困ったのはアリス。どちらか一方に手を差し伸べれば、もうひとりの方を傷つけてしまいそうだ。そこで両手を出して、ふたりの手を同時に握ったのだが、そのとたん三人は輪になって踊り出したのである。ミュージカルなどにはよくあるシーンだが、ダムとディーは肥満体であるからすぐ息が切れ、踊りもすぐに終わってしまう。
　アリスはふたたびふたりに森の出口を聞こうとするのだが、ふたりはこれを無視して『セイウチと大工』という長い詩の朗読にとりかかるのであった。

9 カキを旅に誘い出し最後はぺろりと平らげてしまうセイウチと大工の物語

　ディーが読みあげる『セイウチと大工』は、セイウチと大工が（海の）カキたちを「楽しい」旅に誘い出し、最後には彼らを食べてしまうという、残酷な内容をもっている。

　カキたちを引き連れて岩の上でひと休み、いよいよ襲いかかろうとする直前のセイウチ、The time has come——その時（食べる時だ！）がきた、と思わずいってから、あわてたようにつづける。To talk of many things――いろいろなことをおしゃべりする時がきた、と。そして、何の話をするのか、そのテーマを並べたてる。

“Of shoes ――and ships――and sealing-wax――
Of cabbages――and kings――
And why the sea in boiling hot――
And whether pigs have wings.”

靴――船――封蠟《ふうろう》――キャベツ――王様――海が煮えたぎる理由――豚に羽があるかどうか。

カキをおびき寄せるまでのセイウチと大工はどこか感傷的で、浜辺の砂を見るのはつらいなどと泣いている。さらに、この砂を掃いたらきれいになるかあやしいものだと言っては泣く。そしてセイウチが、まだ姿の見えないカキに向かって呼びかける。いっしょに浜辺を歩こうと。この誘いにのったのが若い４個のカキ。さらにつづいて４個、また４個――若い者はだまされやすいのである。

はじめのうちは、Sで始まることばを並べたものの、全体はまるで脈絡がない。これらを結びつけるものは何か――そんなものはない。あるとすればそれはウワノソラでしかない。ただ次第に「キャベツ」やら「煮えたぎる」やら「豚」など、食べものに関する単語が見えかくれしてきている。好物を目の前にして、舌なめずりしていることが十分想像できる場面だ。

そしていよいよ、ここまでだまして連れてきたカキを食べることにとりかかるのであるが、セイウチと大工、この二者の表向きの態度は対照的である。大工がただひたすら食べることに集中しているのに対して、セイウチ

そしてとうとう本性をあらわした誘惑者たち。セイウチはカキに同情しながらパクリ。もちろん大工も負けじとパクリ。まさかと思っていたカキたち、とうとうすべて食べられてしまった。この挿話が、こどもの読む本にしては残酷すぎはしまいかといった議論もあったが、もちろんルイス・キャロルは最後まで削除するようなことはしなかった。生き物を食べるということにはこんな面もあるのだから。

はカキに同情することしきりなのだ。きみたちのことを思うと泣けてくるとか、深く同情するよ、とか、あまつさえ、ハンカチをとり出して涙をふきさえしている。

　恐い存在のこういう組み合わせは典型的なものだ。強引さと泣き落とし、アメとムチ、対照的な口説きを交互に繰り返して効果を上げる絶妙のコンビである。アリスもこれにまどわされてしまったらしい。

　セイウチと大工がカキを食べ終わって、この詩も終わり、聞き終えたアリスがさっそく感想を述べる――セイウチが好きだわ、カキに少しは同情しているから、と。

　しかし、カキを食べた量はセイウチの方が多く、涙をふいたように思えるハンカチだって、自分がたべたカキの数を大工に知られないよう、口元を隠したにすぎないのだという、ディーの説明を聞いてあせった。

　それなら大工のほうがいいわ。

　ところが大工だって、自分が食べられるだけ食べたんだぞ、とダムがいう。

　もう判断にあまる。アリスはセイウチも大工もふたりともいやなヤツと言うほかなかった。当時のイギリス人の大部分も、アリスと同じ感想を持ち、この場面に対して否定的な関心をもったようである。

　とそのとき、獣のうなり声のようなものが聞こえてきた。

夢を見ている赤の王様。この赤の王様の夢の中にしかアリスは存在していないのだと言われ、アリスはあせり、泣き出した。

10 ひとの夢の中に存在しているにすぎないといわれたアリスの反撃

うなり声の正体は赤の王様のいびきだった。トゥイードルダムとトゥイードルディーのふたりに連れられて行ってみると、王様は体を丸めて子どものように眠っていた。しかしこの眠りが実はアリスにとって恐るべきものだったのである。

　ディーがいうには、いま王様はアリスの夢を見ているが、もし王様が夢見ることをやめたら、アリスは消えてしまう。アリスは王様の夢の中に存在しているにすぎないからだというのである。

　そんなばかな！　私は消えない。I am real！――私はほんものよ！

私はここにいるんだという必死の叫びとともに、アリスは思わず泣き出してしまう。

泣いたってどうしようもないじゃないか、とディーはいうが、私がほんものでなかったら、こんなふうに泣いたりできるはずないじゃない！

　説得力のある反論だが、今度はダムが口をはさんだ――I hope you don't suppose those are real tears?――ひょっとして本当の涙だと思っているんじゃないだろうな？

　涙まで夢まぼろしだというのである。

　そんなバカな！

　ナンセンス！

　アリスはもうこんなナンセンスな話につきあってはいられない。反論なんかしていられないのである。とにかく森を出ることだ。

　いま自分が夢の中にいる、と思うだけでもどこかつらい感じがあるのに、それがもし、ひとの夢の中だとしたら、これは悪夢以外の何ものでもない。

　しかしアリスは冷静である。そして立派である。ひとの夢の中にいるなんて、ナンセンスだ！　と決めつけることで、この難局を突破しようとする。実は最後まで気にはしているようなのだが――

　と、ここで木の下におもちゃのガラガラがころがっているのをダムが見つけ、興奮してアリスに指さした。どうやらただのガラガラと見えたものが、ダムにとっては重要なものらしい。

11 ダムとディーのやる気のないおかしな決闘

ダムが怒っている。あれはきのう買ったばかりの新しいガラガラなんだ。それをディーがこわしてしまったという。

ダムはためらうことなく、戦うことに異論はないな、とディーに決闘を申し込む。

受けて立つディー。

ここでふたりは、森の中から毛布やら石炭入れ、鍋といったがらくたをいっぱい運んできて、これを決闘用の武具として、アリスにその着付けを手伝わせる。シチュー鍋のヘルメットやら、まくらで作る、首を守るプロテクター等々。

さて用意万端整ったところで、ダムが、自分はいつだってこわいものなしなのだが、今日はちょっと「頭痛」がしてね、と言い訳し、ディーもそれに応えて「歯痛」がする！　と。それならば無理をしないで、いま四時半だから六時まで戦って、それから夕食と、スケジュールを決めておこう――

妙な決闘である。どうやらはじめから本ものの戦意などないようす。

それでもとにかく言い出したのだからと戦闘開始。というところで黒く厚い雲がぐんぐん近づいてくる。これで雨天中止か？　いやいや、雨雲などではなかった。巨大なカラスである！

トゥイードルダムは、トゥイードルディーが新しいガラガラを壊したといって泣きわめき（上）、ついに決闘騒ぎにまで発展し、アリスもがらくただらけの武装を手伝わされた（下）。すべてマザーグースの歌のとおりに事は運び、結局巨大なカラスが舞いおりてきて決闘も幕となった。

ふたりはこれさいわいと逃げ出して、あっという間にいなくなった。アリスも森の中へ逃げこみ、大きな木の下へと避難した。

ずいぶん奇妙なストーリー展開だが、実はよく知られた童謡をそのままなぞったものなのであった。だからアリスも次にどうなるか、実はちゃんとわかっていたのである。

トゥイードルダムとトゥイードルディー
一戦やろうと段取りついた。
さてもトゥイードルディーが新しいガラガラ
こわしたとトゥイードルダムが言ったから。
おりもおり黒きことタール桶さながら
怪物ガラスが舞いおりて、
ふたりの戦士　いや驚いて
けんかのことなどうわのそら

ということだったのである！

12 アリスを驚きあきれさせてばかりの白の女王

アリスがとんでもない決闘シーンから避難したところで出会ったのは白の女王であった。ところがこの女王、とても女王とは思えない。ひどくだらしないありさまだからだ。髪も乱れている。

そこでアリスがていねいに整えてあげると、よろこんだ女王は、アリスを侍女に雇おうといいだした。条件は週二ペンスと jam every other day――一日おきのジャムというもの。

その申し出に対してアリスは、べつに雇ってほしいと思っていないこと、それにジャムについていえば I don't want any to-day, at any rate――とにかく今日はほしくない、と応えたのだが、女王は、たとえほしくても今日はジャムをあげられないという。なぜならジャムはあくまでも every other day――他日に支給されるものだからだ。other day というからには、きのうや明日ではあっても決して今日ではないというわけである。every other day を、一日おきにという意味の熟語としてではなく、そのまま解釈すると、たしかにこういう理屈は成立するのである。なんとまあ、ややこしいことか！

かと思うと女王は Living backwards――後ろ向きに生きることをすすめる。

うしろ向きに生きるとはどういうことかというと、記憶が前向きと後ろ向き、両方に働く、つまり過去の記憶だけでなく、未来も記憶できるというのである。これでは時間の順序はめちゃくちゃではないか。

たとえばこうだ。「王様の使者がおるのじゃが、この者は今は罰せられて牢屋の中じゃ。裁判は来週にならんと開かれんし、さらにその後になって罪が犯されるのはむろんじゃ」

ことの順序がまったく逆。まるで、『不思議の国』における、ハートの女王の裁判談義ではないか。

アリスはここで当然の疑問をさしはさむ。もしその人が罪を犯さなかったら？　という疑問だが、これに対しては至極あっさりした答えが返ってくる。

That would be all the better――たいへん結構なことではないか。

たしかにそのとおりである。さかのぼって悪いことをしなければ万事めでたし、であることにはちがいない。

とまあ、逆向きの記憶をめぐって話をすすめているうちに、急にあたりが明るくなってきた。

アリスが突然、現在の自分が孤独であることを嘆いて泣き出すと、女王は、泣いちゃいけない！　別のことを考えろ！　という。そうすれば泣かずにすむのだ。だれだってふたつのことをいっぺんにはできないのだから！

では手はじめに、とアリスの年齢（七歳と六か月、とされている）をきき、次に自分の年齢（百一歳と五か月と一日）をいう。そんな年齢は信じられないというアリスに対して、

なんとも女王らしくない乱れた装いで現れた白の女王。アリスはショールを直したり、髪を整えたりしてあげて、すっかり気に入られた。侍女に雇おうといわれるが、アリスは丁重に断った。この白の女王、過去と現在・未来が逆転した時間の中にいるなど、おかしな存在だが、羊の鳴き声に似ている叫び声をあげたと思ったらとたんに羊になり、小間物屋で店番をしているのであった（下）。

信じる練習が足りないからだと女王。女王は、かつて一日三〇分の練習、いや朝食前に、ありえないことを六つは信じるように訓練したこともあったのだ！

さて信じられないようなことを信じる練習をしてきた女王だが、今度は自分自身、信じがたい変身をとげて、アリスを驚かせる。

女王は突然、羊になってしまったのである。

13 まるで夢のような急激な場面転換を体験するアリス

いつのまにか羊になった女王は、めがねをかけ、お店の帳場に座っていた。そしてアリスがI should like to look all round me——店の中をぐるっと見たいのですが、とごく普通のことをいうと、いっぺんに全部見ようったって、そいつは無理だと、これは、へ理屈というものだ。前を見て、それから右側、そして左側を見るというのならできる、しかしlook all round you——いっぺんに全部見るというのはやっぱりできないというのである。それはそうだ。でもそうやって順に見てゆくことをそのようにいうのだが——しかしアリスは羊にさからわず、順に見まわしてゆくことになる。

そのうちにふと羊の手もとを見ると、一度に一四組もの編み棒を動かしている！ 一四組もの！ びっくりしたアリスに、羊は「ボートを漕げるか」と聞きながら一組の編み棒を渡した。

この小間物屋は今もクライスト・チャーチの前に残っていて、アリスのグッズショップになっている。写真は外観と店内のようすだが、アリスが鏡の国で体験したようなおかしなことが起こらないのは残念である。

少しは漕げるけれども、陸上では漕げないし、だいいち編み棒では無理だといいかけたアリスの手の中で編み棒がオールに変わった。そのときにはすでに羊を乗せたボートを漕ぎはじめていたのである。

夢の中ではこういう唐突な場面転換がよく起こる。まさしくこれは夢の世界なのだ。

Feather!——羽！ ときどき羊がこう叫ぶのだが、アリスにとっては何のことやら。そうたいしたことでもなさそうに思えた。しかし実はオールを上手に使い、水をハネずに漕ぐ方法をこのようにいっているのである。

アリスの時代にはすでに、オクスフォード大学とケンブリッジ大学とのあいだで（日本でいうと早慶戦である）人気のボートレースが行われており、オールの使い方、その上手、下手が世間の話題になっていた。したがって、このFeather! なども、その意味はかなり広く知られていた。

さらに羊は、上手に漕がないと catch a crab——カニをつかまえちまうよ、とアドバイスするのだが、これもアリスにはちんぷんかんぷん。この catch a crab もボート用語で、漕ぎそこないのことをいう。しかし羊は文字どおりカニがそこらじゅうにいて、オールがいまにもそのカニをつかまえそうなことをいっているのだった。

それでアリスが、ここにはそんなにカニがたくさんいるのかと聞くと、カニだって何だってあるよ、よりどりみどりだよ、などとお

羊といつの間にやらボートをこぎ出したアリス（下）。オールの扱いについていろいろとアドバイスする羊だが、ボートレースなどで知ったボート用語を使ってアリスを煙にまいている。この当時からオックスフォード大学とケンブリッジ大学の対抗レガッタは、テムズ川の一大行事で、左のイラスト（ギュスターブ・ドレ）のような人気を呼んでいた。オックスフォード大学の教師であるルイス・キャロルにとってもボートは親しみのあるスポーツだったのである。

かしなことをいう。おかしいなと思うと、いつの間にかボートは消えて元の小さなお店の中！　またまた夢の場面転換。

ここでアリスは、何を買いたいのかと迫る羊に応じて、買い求めようと心に決めた卵のところへ、歩いてゆく。

14 ことばにうるさいハンプティ・ダンプティに挑むアリス

アリスが近づいてゆくと、なんたることか！　卵はみるみる大きくなり、それはまごうかたなき、ずんぐりむっくりのハンプティ・ダンプティである。アリスにとっては、その名が顔いっぱいに書いてあるようなものだった。

高い塀の上に座っているハンプティ・ダンプティ！

ほんとに卵みたい——アリスがもらしたこの感想を聞きつけて、卵よばわりに対して激しく抗議するハンプティ・ダンプティだが、アリスは彼が主役の童謡を思い出した。

ハンプティ・ダンプティ　塀のうえ
ハンプティ・ダンプティ　落っこった
王の馬　王のご家来みんな寄っても
ハンプティ・ダンプティ　元にはもどんない

さてこのハンプティ・ダンプティ、ことばについては一家言をもっていて、なかなかうるさい。例をあげてみよう。

アリスが自己紹介で名を告げると、その名がどんな意味をもっているか聞く。それでアリスが、名前が何か意味をもっていなくちゃいけないの？　と聞き返すと、平然と、当り前のことではないかと言う。そして自分の名前はまさに自分のかたち（ハンプティ・ダンプティという言葉にはすでに「ずんぐりむっくり」という意味がある）を意味しているのだ、と。それにくらべると「アリス」では、どんな姿かたちのものなのか、まるでわからないではないかというのだった。もっとも今では、アリス・ファンタジーのおかげで、「アリス」という名前はどことなく好奇心のつよい女の子というイメージをよび起こすようになっている。

それにしてもハンプティ・ダンプティの、

この「名前有意味論」は必ずしもナンセンスとはいいきれない。たとえば芸名とか、相撲のしこ名とか、リングネームとか、意味を明確にもたせている名前は、この世にたくさんあるからだ。

さて、アリスがハンプティ・ダンプティに、どうしてここにひとりでいるのか？　と聞いたときのことだ。これに対しては、他にだれもいないからだという答え。当り前といえば当り前だし、まるで答になっていないといえばたしかに答になっていない。

また、どうしてせまい塀の上にいるのか？　と聞くと、万が一落ちても……とハンプティ・ダンプティが言いかけたとき、アリスが口をはさんだ。王様の馬とご家来がみんな寄ってくるんでしょ――これは童謡の歌詞どおりのことなのだが、いい当てられて一本やられた感じのハンプティ・ダンプティである。

アリス・ファンタジーの中でも最もよく知られたキャラクターのひとり、ハンプティ・ダンプティの登場。ずんぐりむっくりという意味を持つ名前のとおりの形状をしている。自分でも、アリスなどという名前ではどんな存在かわからないではないかと批判するほど、姿かたちを自覚しているのもおかしい。全体をぐるりと巻いているものが、アリスにはベルトに見え、ハンプティ・ダンプティはネクタイなのだという。しかもこれは、白の王様と女王からの誕生日プレゼントならぬ「誕生しない日」プレゼントなのだそうである。
なお、塀の上にいかにもあぶなっかしく座っているのは、マザーグースに歌われたとおりであって、すぐ落っこちる運命にある。

しかし、アリスの年齢を七歳六か月と知ったときは、すかさずおかしなことをまくしたてる。An uncomfortable sort of age――なんてぶざまな年だ。自分にアドバイスを求めてきたら、七歳でやめとけ――Leave off at seven といってあげたのに、という。

もちろんアリスもそこまでいわれたら黙ってはいない。one can't help growing older――だれだって大きくなるのを止めるわけにはいかないのだ、と反論する。

しかしハンプティ・ダンプティもさすがである。One can't, perhaps, but two can――たしかにひとりでなら大きくなるのを止められないだろうが、ふたりでならできる、というのだ。one を文字どおり「ひとり」という意味にとらえての切り返しである。ことば尻（この場合は文のアタマだが）をとらえた切り返しだが、いやそれだけでなく、実はたいへん意味ぶかいことをいっているようにも聞こえる。ふたりとはいったいだれのことなのだろうか。ハンプティ・ダンプティとアリスなのか？　それとも作者ルイス・キャロルがアリスに、大きくなるのをやめろと呼びかけているのだろうか。

次は、アリスが思わずベルトとまちがえてしまったネクタイ（イラストを見ると、アリスならずともまちがえそうだ）についてである。ハンプティ・ダンプティは、これは白の王と女王からの unbirthday present――誕生しない日プレゼントだという。birthday present――誕生日のプレゼントは、一年に一回だけ。ところが unbirthday present は、三六五マイナス一、つまり年に三六四回ももらえるので、ずっとお得というわけである。本当にもらえるなら絶対にお得なのだが……。

またハンプティ・ダンプティは、あることばをつかうとき、そのことばは、自分が選んだことだけを意味しているのであり、それ以上でも以下でもないということを、力説している。

そして、ひとつのことばにたくさんの意味をもたせるときは、ことばを働かせすぎているのだから、ちゃんと超過勤務手当てを支払っているという。毎週土曜日にことばたちが給料を受けとりに集まってくるのを見せてやりたいくらいだ、とまで。ハンプティ・ダンプティはことばの主みたいな役割を果たしているらしい。前に記したおかしな詩『ジャバウォッキー』を解説できたのも、ハンプティ・ダンプティならではのことだったのだ。

さて、アリスがこのハンプティ・ダンプティに別れを告げようと、「また会う日まで」といったときの、ハンプティ・ダンプティのまったくかわいくない言い草は、また会ったにしても、それがアリスだとはわかるまい、だってアリスが他の人と同じようにしか見えないからだ、というもの。

さらに、もしアリスの目が鼻の片側だけにふたつあったり、顔のてっぺんに口があったりすれば、はっきりわかるのだが、とまでいう。

ハンプティ・ダンプティの識別能力のほうに問題あり、だ。目とか鼻とか口とかを記号のように扱うから、同じ配列をしたものはすなわち同じもの、というふうに見えてしまうのである。

アリスが当然のように不愉快になって歩み去ろうとしたそのとき、突然の大音響がひびきわたり森をゆさぶった。

15 王様の使者が帰ってきて王様とトンチンカンな会話をする

大音響が森をゆさぶるや、なんと兵隊たちが出動してきた。しかも大部隊のようである。押し合いへし合いする大勢の兵隊たちとたくさんの騎馬で森は大混乱に陥った。どうやらハンプティ・ダンプティが、自分についての歌のとおり、塀からどっと落ちたためのようである。だから「王の馬　王のご家来みんな寄って」きたのだろう。

アリスはなんとかその混乱を抜け出て、そこでばったり白の王様に出会った。王様のメモによれば何と四二〇七人の兵隊たちが動員されたとのこと。ただし、馬は二頭、チェスの駒「ナイト」のために割かなければならないし、王様のふたりの使者は町に出かけているので、このぶんはハンプティ・ダンプティ墜落救援隊に入っていないということである。

しかしその使者も、そろそろ帰ってくるらしい。

ハンプティ・ダンプティと別れて間もなくアリスは、大きな物音を耳にし、次にたくさんの兵隊たちが押し寄せてくるのを見ることになる。これもマザーグースの歌のとおりの展開で、ハンプティ・ダンプティが塀から落っこったために「王の馬、王のご家来」がどっと寄ってきたのである。王の話では全部で4207人の兵士なのだそうである。

帰ってくるのが見えないかな、と王様がアリスにたずねたので、I see nobody on the road——道にはだれも見えません、とアリスは答えた。すると王様はアリスの眼をうらやましがるのであった。

なぜか？

アリスが「Nobodyが見える」といったからである。自分にはreal people——実在する人物しか見えないのに、なんてスゴイ眼だ！　というわけだ。

白の王様のふたりの使者のうちのヘア（Haigha）が王様の求めに応じてサンドイッチを渡す。残るは干し草ばかりだが、これも王様はむしゃむしゃ食べて元気を取り戻している。ところでHaighaと同じ発音のhareは野ウサギのこと。ここにもウサギは姿を変えて登場してきている。アリス・ファンタジーの狂言回しとしてウサギはかくも重要な役割を担っているのである。

　このNobodyは、帰ってきた王様の使者ヘアの報告でも話題にのぼる。

　王様が、途中でだれかを追い越したか聞いたのに対して、ヘアはNobody——だれも（追い越しはしなかった）、と答えたのだが、王様は、なに！　アリスが見たというあのNobodyか！　といった反応をして、Nobody walks slower than you ——するときゃつ（Nobody）め、おまえより足が遅いな、という。このいい方は普通、おまえより足が遅いやつはいない、つまりおまえがいちばん遅いということを意味するから、ヘアは不愉快になって、自分はベストをつくしているし、Nobody walks much faster than I do——自分より速いものはいないはずだ、とまでいい返す。そういえばヘアの正体はウサギだ。ウサギとカメのかけくらべの話も、ウサギの足自慢が元になっているくらい、ウサギの足は速いと相場が決まっているのである。しかし王様はまだNobodyをひとつの存在と見ているから、おかしいな、Nobodyのほうが速ければ、先にここに着いているはずなのに、という。

　お互いが、ひとつのことばについてまるで逆の解釈をしながら、会話が進んでゆくわけである。

　Nobodyという、だれでもない者が主語になるおかしさを、こういう表現に慣れているはずの、英語圏の人たちも感じているのかしらんと思えて、これもまたおかしい。

　ところで王様のふたりの使者のもうひとりの名はハッタ。実はふたりとも『不思議の国のアリス』からの連続出演キャラクターなのである。『不思議の国』には、ヘアHaighaは三月ウサギMarchHareの名で、ハッタHattaは帽子屋Hatterの名で登場している。

　ハッタなどは、相変わらず片手にティーカップ、片手にバタつきパンをもって登場するなど、『不思議の国』の帽子屋であることは隠しようもない。まだお茶の時間が終わらないのである。

　ところで王様のこのふたりの使者には、その役割がきわめて明瞭に与えられている。つまり、行きの使者と、帰りの使者なのだ。One to come, and one to go——ひとりが行き用でひとりが帰り用、あるいは、One to fetch, and one to carry——ひとりは持ってくるやつ、ひとりは持っていくやつというのだが、わかったようなわからないような、あまり深く詮索しないほうがよさそだ。

　さてヘアは王様に町の様子を聞かれて、いよいよ使者らしく報告するときがきた。小声でいいましょう、とないしょ話ふうに王様の耳もとに口を寄せた。これを見たアリスはがっかり。どんな報告か聞きたくてしようがなかったからだ。ところが、なんとまあ、あらん限りの大声で報告したのである！

　かわいそうなのは王様。聞きもらすまいと緊張したのも束の間、コマクも破れんばかりの大声に「それが小声か！」と怒った。当然のことだ。アリスだって予想外の展開にびっくり。しかも報告の内容は、やつら、またやっています、という簡単なもの。

だれが何をやっているというのか？

それは王様も先刻承知。ライオンとユニコーンがけんかをしているというのである。

16 アリスとユニコーン、お互いをおとぎ噺の中だけの存在と思っていたが、実際に存在することを信じ合うことで合意する

ユニコーンとは伝説の中に登場する一角獣。少女でなければこれを捕えることはできないとされている。からだつきはウマに似て、カモシカの尻とライオンの尾をもち、頭には一本の角をはやしている。

そのユニコーンとライオンが王冠めあてにけんかしていると聞いて王様は気が気ではなく、みんなで打ち揃って見に行くことにした。その道々、アリスはよく知られているマザーグースの中の童謡をうたった。

ライオンとユニコーン、王冠めあてにけんかした、
ライオンがユニコーン、町じゅうでまかした。
彼らに白パンくれる人、彼らに黒パンくれる人、
ほしぶどうをくれる人、太鼓叩いて彼らを町から追ンだした

どうやらコトのてん末はハナからわかっているらしい。

やっと現場に到着すると、そこで待ち構えていたのはもうひとりの使者、ハッタだった。戦況を聞くと、両者とも非常によくやっているとのこと。

アリスが、では歌のとおり、もうすぐ白パンや黒パンが運ばれてくるのねといったとき、戦闘も一段落。王様の命令で休憩時間に入り、白パンや黒パンが実際に配られたのである。

さてこの休憩時間中に王様はハッタに命じる。もうこれ以上闘う必要はないだろうから、太鼓を叩き始めるようにいってこいと。ハッタは合点だとばかりに走ってゆく。

と、その時ユニコーンがぶらぶらとそばを通りかかった。そしてアリスに気づいてたず

町の中でライオンとユニコーンが闘っているのを見ているところに、もう一人の使者、ハッタHattaがやって来た。どう見ても『不思議の国のアリス』で時間と格闘していた帽子屋Hatterである。発音もほとんど同じだが、姿かたちやティーカップと食べかけのバタつきパンを持っているところは全く変わらない。再登場としか言いようがないし、またまたマッド・ティーパーティに立ち合っている気分にさせられる。

ねた。What is this?――これはナンダ？　ただちにヘアが答える This is a child!――これはコドモですよ！　と。ところが、伝説中の動物ユニコーンにとって child はおとぎ噺に登場する存在。モンスターなのである。実際には見たことも話したこともない。したがってここからの会話で、アリスはまさにモンスターあるいは珍しい動物扱いとなる。

Is it alive?――生きているのか、とユニコーン。

It can talk――話すこともできるのですよ、と紹介者役のヘア。

ふうんとアリスを見ながら、ユニコーンはいう。

Talk, child――コドモよ、話してみな、と。こうなるとアリスはほとんど見世物の人形である。

アリス自身は思わず笑い出しそうになったが、自分もユニコーンはおとぎ噺の中のモンスターかと思っていたわと告白する。

ユニコーンはそれに応えて、If you believe in me, I'll believe in you――お互いにその存在を信じあおうというのであった。そのうちにライオンも加わってきた。案の定、はじめは、

What's this!――ナンダ、これ？

ユニコーンが、自分だってわからなかったんだから、おまえなんかにわかるわけがないと茶々を入れたが、ライオンはその追及の手をゆるめない。

Are you animal? or vegetable? or mineral?――動物ですか、植物ですか、鉱物ですか？　と。

この問いかけは、実はむかしのラジオの人気番組『二十の扉』そっくりである。『二十の扉』は一世を風靡した、NHKラジオの人気クイズ番組で、複数の解答者が合計二〇回の質問で、正解にたどり着かなければならないというもの。だいたい、第一番目の質問は、推理する範囲をせばめるために、「それは動物ですか？　植物ですか？」といったものであった。

さてライオンの最初の質問に対してはユニコーンが答える。そいつはおとぎ噺のモンスターだ、と。

さてここで、ヘアが袋からとり出したケーキをみんなでたべようとするのだが、ケーキを切り分ける役のアリスがのろのろしているように見えた。のろのろしているわけじゃない！　何度切り分けてもすぐに元に戻ってしまうのだ！　とアリスがいらいらしている。

これは、いろいろなことが普通と逆になっている鏡の国にいることをうっかり失念してしまったためのアリスのミス。順序としては、まず配って、それから切る、というのが鏡の国の基本パターンだったはずなのだ。

実際このパターンでやってみたらうまくいったのだが、そのとき太鼓が鳴り始めた。おそろしい音！　これならライオンもユニコーンもここから追い出されてしまうだろう、とアリスは思った。

あのトゥイードルダムとトゥイードルディーのけんかや、ハンプティ・ダンプティの塀からの墜落と同じように、ここでもコトは童謡のとおりに進み、そのとおりに終わるのである。

ユニコーンとライオンの闘いも小休止の時を迎え、ヘアが取り出したケーキをみんなで分けて食べようとするのだが、アリスがどうやってもうまくいかない。ここは鏡の国、実は白の女王が言ったように、時間も逆転しているので、まず配って、それから切らなければならなかったのである。

17 乗馬がへたな白の騎士が登場

やがて太鼓の音が小さくなってアリスが顔を上げると、そこにはだれもいなかった。これは夢だったのだろうか、それとも今までここにいたみんなが、赤の王様の夢の一部だったのだろうか、などと考えているとCheck!――チェック！　という叫び声。チェック！というのは将棋でいう「王手！」だ。

だれが叫んだのかと見ると赤の騎士。アリスのところにやってくると馬からころげ落ちた。そして再び鞍上におさまるのと同時に、またチェック！　の叫び声。今度は白の騎士の登場だ。白の歩であるアリスにとっては味方の騎士の出現である。しかしこの騎士もまた馬を止めると同時に落馬する。そしてすぐに乗り直す。

こうなれば両者対決するしかない。騎士同士がぶつかり合った。チェスの駒としては、どちらかがどちらかを取るしかないのである。この闘いは結局白の騎士の勝利で終わり、アリスは白の騎士に頼むことができた。私は女王になりたいのだ、と。すると白の騎士が、次の小川を渡りさえすればなれます、と答える。つまり、いま七の目で、八の目へ進めば、アリスは今の「歩」から「女王」になれるのだ。このあたりは将棋とまったく同じで、敵陣深く入ったときは、弱い駒も強くなることができる。それを「なる」というのである。白の騎士は「歩」のアリスが「女王」になれるところへ行き着くまで、敵の攻撃を防ぐのが役目なのであった。

ところで、赤の騎士も白の騎士も、走ってきて止まるやいなや落馬する、というほどの乗馬下手。アリスがあきれて白の騎士に、どうも乗馬の練習をちゃんとしていないのじゃないかしらんと、疑いの口をはさまざるをえないほどのウデマエである。

もちろん、はいそうですというわけはない。騎士なのだから、練習だって十分積んでいるといいはりさえするのだ。「乗馬の秘訣は」といいかけて落馬し、ふたたび馬にまたがってから「その秘訣は――うまくバランスを保つことなのじゃ――」といいながらまたばったりあおむけに落馬！

とうとうアリスは、車つきの木馬で練習したらどうなの！　と叫んでしまった。車つきの木馬というと回転木馬に思い当たる。ところで今では遊園地の遊具になっている回転木馬の原型は、中世の騎士たちの武闘訓練用具であったと伝えられている。つまりアリスの提言は、そう的をはずしたものでもないのである。

騎士の面目まるつぶれといったところだが、

敵の王を追い詰める「チェック！」という叫びを上げながらアリスに近寄ってきた赤の騎士（左）に対して、アリスを守ろうと走り寄った白の騎士（右）が戦いを挑んだ。ふたりとも騎士なのにどうも馬を御しきれず、落馬ばかりしていたが、とうとう同時に落ちて、赤の騎士は去って行った。どうやらアリスは救われたのである。

この白の騎士は発明狂でもあった。鞍の後方に見えるもののひとつは、なんとネズミ捕り。万が一ネズミが出たら馬がいやがるだろうからという。ひづめの上にあるトゲのついた輪も、万が一に備えてサメから（！）馬を守るためのものだという。鞍の後方にぶら下げているのは新式のかぶとだそうである。ルイス・キャロルはこの手の発明狂に偏見を持たないどころか、自身にもそのようなところがあった。

実はこの乗馬下手は、チェスの騎士なればこそのもので、理由がちゃんとあるのである。というのもチェスの騎士は、直線的に進む他の駒にくらべると、いつも変則的な動き方しかできない。将棋の桂馬とほぼ同じで、これらのゲームの初心者レベルだと、この駒の動き方をおぼえるのにひと苦労し、自在に動かせるようになるのはなかなか大変なのである。

動いたり止まったり、とにかく何らかの動作をするたびに落馬するのも、皮肉なことではあるが、まさに騎士であるからなのだ。

18 白の騎士が発明した珍品の数々

さて、乗馬が下手という皮肉な宿命を担ったこの白の騎士だが、発明愛好家という変わったキャラクターでもある。

いったいどんなものを発明してきたか、リストアップしてみると――

●たとえば逆さまに置くふたつきの小箱である。衣類やサンドイッチを入れて、上下逆さまにしておけばthe rain can't get in――雨がしみこまないですむというもの。もっともアリスが見たときはふたがあいていて、the things can get out――中のものが外に出てしまっていた。これでは何にもならない。というわけでこの箱は無用のものとなるはずだが、そこは発明家である。あらゆるものは役に立つものなのであり、この箱も、木にぶらさげて蜂の巣箱に見たてようとした。しかしこれはナンセンスそのもの。やはり何の役にも立たないのであった。

●馬の鞍にネズミ捕りをつけているのも、白の騎士が考え出した新しい工夫。これを見たアリスが「お馬の背中にネズミがいるとは思えませんけど」という疑問を発したのも無理はないが、騎士は平然と、万が一ということがある。そのときネズミにうろちょろされるのはいやだからだ、と答える。そういえば、馬はネズミが苦手だから、危機管理策といえばいえなくもない。

●馬の足にはめられた、トゲつきの輪。これも万が一のため。なんと、万が一、サメにかみつかれないように！　なぜここでサメが出てくるのか不明だが、キャロルはサメに特別な関心をもっていたのかもしれない。長篇詩『スナーク狩り』で標的にされるSnark――スナークにも、Shark――サメの姿が見えかくれしている（SnarkとはSnakeヘビとSharkサメが合わさって作られた単語であり生物であるという）。

●髪が抜け落ちない棒。髪をこの棒にからませ、髪がたれ下がらないようにすれば髪は薄くならないというのだ。髪はたれ下がるから抜け落ちるという理屈に基づいている。

●閉ざされた門を越える方法。門の前に立ったとき、すでに頭は十分高い位置にあるから、ここを起点にして逆立ちすれば、ゆうゆう越えられるというもの。この発想はおよそ一〇〇年を経て、背面跳びという、頭から先にバーを越える走り高跳びの跳躍法に生かされることになる。

　この跳躍法は一九六八年のメキシコ・オリンピックで突然、アメリカのフォスベリー選手が披露し、なんとオリンピック新記録で優勝、世界中の陸上ファンを驚かせた。それまでの、足からまず跳び越すという発想を一八〇度転換させた、まさに革命的なテクニックだった。
●円錐形のかぶとも発明品で、まっ逆さまに落馬するとき、まずかぶとが地面に着くから、自分の落ちるぶんが少なくてすむというもの。
　とまあ次々に出てくる発明品。白の騎士は続ける。新しいプディングもあるぞ。材料としてはまず吸い取り紙、それに火薬や風——

この乗馬が苦手な白の騎士は、とうとう道端の溝にまっ逆さまに落ちてしまった。それでもしゃべりつづける。自分の頭は逆さ状態だとむしろ冴えて新発明ができるのだと主張するのであった。

と、ここまで説明したとき、別れの時間がきたことを理由に、白の騎士はいきなり話を打ち切ってしまった。ほんとのところは、説明のしようがなかったのではあるまいか。

　それにしてもナンセンスきわまりない発明家であるが、その秘密の一端が明かされる場面もある。

　白の騎士が落馬して、頭から溝に突っ込んでしまい、見えるものは足の裏だけという状態になったことがある。アリスがひっぱり上げようとしたまさにそのときも、騎士は平気でおしゃべりをつづけていた。どうしてこんな状態なのに平気なのかとアリスが聞くと、騎士は逆にびっくりして答える。体がどんなになろうとそれが何だね。自分のアタマは変わることなく働きつづける。それどころか、頭が下になればなるほど、新しいものを発明できるのだ、と。

　この騎士は、ふつうの状態でいるときより、逆さ状態にあるときのほうがいいアイディアがわくのだという。どうりで珍妙な発明をするわけだ。

19 白の騎士とアリスとの心あたたまる道行き

　発明談義はさておいて、ふたりには別れのときが近づきつつあった。そこで白の騎士はアリスをなぐさめる歌を歌おうという。その歌は『タラの目』と呼ばれているそうなのだが、ここからややこしくなる。

森の中、アリスを送って行く白の騎士。その表情などから白の騎士の心やさしさを感じたのだろうか。アリスにとって大変思い出深いシーンとなった。このシーンのすぐ後でアリスは白の騎士と別れ、いよいよ最後の目との境である小川にさしかかる。そこを飛び越えれば最後の目に入り、アリスは「歩」から「女王」になれるのである。

「その名前はそう呼ばれているにすぎん。実際には『老いに老いたる人』で、その歌は『方法と手段』と呼ばれていて」うんぬん。

　結局のところ A-sitting On A Gate——『門の上に座ってた』で、作曲は白の騎士自身だという。

　さて歌いながらの道行きとなるわけだが、アリスにとってこのシーンこそ、鏡の国の旅のなかでも最も印象的なものとなった。『鏡の国のアリス』が出版されるとき、本文のいちばん最初のページに、このシーンを描いたテニエルの絵が印刷されたのは、作者自身お気に入りのシーンだったからだろう。

「——白騎士のおだやかな青い目とやさしい微笑と——その髪に映える落日は、その甲冑にもまばゆく照り映えて、全くアリスの目を眩ませるばかり——」

　と、こころやすらぐ場面がつづくのだが、やがて最後の小川が見え、白の騎士は別れを告げ、引き返していった。

　アリスは騎士に向かってハンカチを振り、その姿が見えなくなるまで見送ったあとで、小川をぴょんと飛び越えた。すると頭の上には何かがのっかっていて——それを手にとってみると、黄金の冠だった！　アリスはみごと、歩から女王になったのである。

20 女王になったはずのアリス、女王の資格テストで悩まされる

　王冠をのせたアリスは、いつの間にか両脇が「赤の女王」と「白の女王」で固められているのを知った。突然何が起ころうと、もうたいていのことには驚かなくなっているアリスは、さっそく赤の女王に話しかけようとしたが、ぴしゃりとさえぎられた。

　Speak when you're spoken to!——話しかけられてから話すように！　というのである。

　ここで黙っていないのがアリスだ。もしだれもがそんなルールを守っていたら、話がはじまらないじゃないの！　たしかにそうだ。

　ここで赤の女王は形勢わるしと見たか、話題をかえて、女王の資格テストをしようといい出した。これはそれ以前にアリスが if I really am a Queen——もしも私が本当に女王であるなら、とつぶやいたのを聞きとがめてのことである。まだまだ Queen——女王だなんておこがましい！　というわけである。

　アリスは、ただ if——もしも、といっただけだわと言い訳するのだが通じない。if——もしも、だけじゃない。それ以上のことを言ったはずだといわれてしまう。たしかに if につづけて I am などとことばを連ねたことは連ねたのだが……そこで I'm sure I didn't mean——そんなつもりでいったのじゃない、といいかけると、すぐさま赤の女王の叱る声。

　didn't mean——意味がないなんてとんでもない！　たとえジョークにだって意味はある。子どもはジョークより大事なもの。となれば、子どもには意味があるはず。それとも、意味がないとでもいうのか？　どうだ！　この意見にはたとえwith both hands——どんな手を使っても反論できまい、と。

気づけば頭の上に冠。さすがのアリスもおどろきはしたけれど、半ば予期していたことなので、それなりに威厳をもたなければ、などと気張っていると、いつの間に自分の左右に赤の女王と白の女王が座っている。

そしてふたりの女王による女王教育がはじまる。もちろんまともな教育ではない。おかしなやりとりばかり。アリスが反論でもしようものならたちまちまぜっ返されてしまう。いささか疲れるアリスだったが……
眠ってしまったのは赤の女王と白の女王のほう。アリスのひざの上でぐっすり。しかしそれも束の間で、ふたりはなんとなく消え去ってしまうのであった。

しかしどうも納得いかないアリスは I don't deny things with my hands――何かに反論するのに手なんか使わないと、言葉尻をとらえてさからうのであった。

しかしどうやらこのやりとりも女王の資格テストの前哨戦だったようだ。さらにシビアなテストが続くのである。

算数ができるか？ と聞きながらいきなり1たす1たす1たす1たす……とつづけて、さて答えは？

これではアリスならずとも答えられない。何回たしたかなんて数えないからだ。

次は引き算。犬から骨をとると何が残るか？ そんなことしようとしたら犬はかみついてくるだろうし、もちろん私は逃げちゃう。つまり何も残らないというのがアリスの答え。ところが残念でした！ と赤の女王。骨をとられれば犬は lose its temper――ハラを立てる。そして犬はどこかへ行っちまうだろうから、犬から失われた（lose）、temper だけが残る。temper――ハラ（怒り）、これが正解なのだという。なんともはや！

次に、パンの作り方は？ と聞かれ、これなら大丈夫、とアリスは勢いこんだ。まず flour――小麦をとり、といいかけたところで、どこで flower――花（flourと同じ発音）を摘むんだって？ と白の女王。It's ground――摘むんじゃなくて、粉にひくんだとアリスがいうと、これもさえぎられ、どのくらいの広さの ground――土地だって、と聞き返される。

いくら発音が同じだからといって、こうまでことごとくとり違えられてはアリスもぐったり。しかし女王たちはそんなアリスを見て、考えすぎて「智恵熱」でも出たのだろうと、つごうよく解釈して、木の葉の束をうちわ代わりに、アリスに風を送る始末。

語学の問題も出された。fiddle-de-dee はフランス語でどういうかという問題。それは英語じゃないではないか、とアリスが反発すると、赤の女王はすかさず、だれが英語だといった！

さてここでアリスは、赤の女王をやりこめることのできる問いを思いついた。

――では fiddle-de-dee が何語なのかを教えてくれたら、それがフランス語でどういうかを答えます！

どうだマイッタか！ といった気分のアリスだが、赤の女王はそんなことではビビらない。堂々たるものだ。

「女王たるもの、取り引きはせん」――みごとである。マイッタのはアリスのほうだった。

稲光と雷の関係についての出題があったとき、白の女王が、そういえば、one of the last set of Tuesdays――先週の火曜日組のひとつは、雷雨がすごかった、という。アリスが、この火曜日組というい方に疑問をさしはさむと、女王たちの国では昼も夜も一度に二つか三つとることもあるという。

「冬なんぞはまとめて五晩ほどとることもあ

る——暖をとるためじゃ」

つまり一晩より五晩のほうが暖かいという。それなら、とアリスはいう。じゃ寒さも五晩分寒いというわけね。と、これは正解！ はじめての正解である。「五倍暖かくかつ五倍寒い——わしがおまえの五倍金持ちでかつ五倍賢いのと同じじゃ」

とまあ、こんな具合に問答を繰り返しているうちに、まず白の女王が眠くなり、つづいて、赤の女王。ふたりで舟をこぎはじめた。すごいいびきとともに。

アリスは英国史上はじめて、いちどきにふたりの女王の面倒を見るはめになった。だいいち、英国史上、ふたりの女王がいたことはないのである。

かくしてふたりの女王の子守りをするかのごとき立場になったアリスが、ふたりの女王のいびきをじいっと聞いていると、ふたりの姿は、消えていった。

21 女王アリスをたたえるパーティ会場

いつの間にかアリスは、とある戸口に立っていた。ドアの上には大きな字で QUEEN ALICE（女王アリス）と書いてある。両側に「お客様用」のベルと「召使い用」のベルがあるが肝心の「女王用」というのはない。どうしようかと考え込むアリス。長い間のむなしいノックとベル。

とうとう近くにいた老カエルが寄ってきて、どうしたのか？ とたずねたのでアリスは、to answer the door——取次ぎをする、召使いはどこにいるのかと聞いてみた。

ところがカエルはさすが老練といおうか、たぶんわざとだろう、answer the door をそのままとらえて、いまおまえはドアに答えるといったが、ドアの方ではいったい何をたずねたのかね？

たずねる？ 私はこれを叩きつづけているのよ、といらいらするアリス。

叩くだなんてとんでもないことだ、ほっとくがいい、と、とんちんかんな答えを返してよこすカエル。

しかしこのときドアが自ら開いて、中から、なんと女王アリスをたたえる歌が聞こえてきた！ その歌の一節を聞くことにしよう。コーラス部分である。

気づくとアリスは「女王アリス」と記してあるドアの前に立っていた。どうすればドアの中に入れるかわからず困っていたアリス。近づいてきたカエルに聞くが、ノックするなんてとんでもない、放っておけと言われる。するとそのとき中からドアが開いて、たちまちまき起こる、女王アリス歓迎の歌声。

いざ疾《と》く 盃なみなみ満たせ、
ボタンともみがら テーブルにまいて、
コーヒーに猫入れろ、お茶にネズミを——
そして女王アリスに万歳だ
三を三〇倍するほどに！

なんとも恐ろしげなイメージをかきたてる歌であり、大変な数のアリス万歳である。二番の最後はこうだ。

糖蜜とインクで 盃なみなみ満たせ、
喉にうまきもの 何でも入れろ、
砂とサイダーかきまぜろ、羊毛とワインを
ごちゃまぜだ——
そして女王アリスに万歳だ。
九を九〇倍するほどに！

九を九〇倍する掛け算にはお手上げのアリスが部屋の中に入って行くと、歌のにぎやかさはどこへやら、しーんと水を打ったような静けさである。

動物やら鳥やら花やら、いろいろな種類の客の向こうに、赤の女王と白の女王が座っていた。ふたりのあいだに空席がひとつある。アリスの席である。

さっそくそこに座ると給仕が大きなマトン（羊）の足を運んできた。そんな大きな肉にとりかかったことのないアリスがためらっていると、脇から赤の女王が口を出し、マトンに紹介しようという。Alice――Mutton. Mutton――Alice――アリス、こちらマトンよ。マトン、こちらアリス。

　さて紹介とあいさつが終わり、ナイフとフォークを手にしたアリスが、女王たちに向かって、ひと切れお取りしましょうか、といったとたん、赤の女王が、一度紹介された相手を切るなんてエチケットに反していると非難し、給仕に命じて下げてしまう。なんとも複雑な気分に見舞われるアリスであった。

　つづいて運ばれてきたのは、大きなプディング。

　これはなんとか食べたいアリス、あわてて今度は紹介してくれなくていい、と言うそばから、赤の女王がまたまた意地悪く紹介をはじめて、あっという間に、給仕にプディングを下げさせる。

　アタマにきたアリスは、そもそもなぜ赤の女王だけに命令する権利があるのか、と疑問に思い、自分も命令してみようとする。こういうところがアリスのすごいところである。


中に入るとすでに赤の女王と白の女王が上座にいる。そのあいだの椅子があいていて、そこがアリスの席。座ってはみたものの落ち着かないアリス。女王としてのはじめての席だから無理もないところなのだ。心配したのだろうか、赤の女王が声をかけ、羊の足（右。実は調理され食べられるばかりになっている足の肉）をアリスに紹介してくれた。そこまではよかったのだが、アリスがごく当り前の調子で、ではこの肉を切り分けましょうとナイフを入れようとしたとたん、紹介された者を切るなんて！　と鋭く非難されるのだった。

そんな具合に恥をかかされたり意地悪されたアリス、いっぺんにいろいろなことが起こったのを機に、堪忍袋の緒を切らし、テーブル掛けを一気に引っぱるとさあ大変。場内は大混乱である。

さっそく実行に移す。プディングを持ってきなさい、と。

すると、下げられたばかりのプディングが戻ってきた。やったア！　とばかりにさっそくひと切れ切ると、プディングが怒りだした。なんて無礼な！　自分だってひと切れ切られたらどう思う！

どうやらとんでもないパーティーになりそうである。

22 いろいろなことがいちどきに起こり　アリスの怒りが爆発する

しかしまあ何はともあれ、女王アリスに乾杯！　の段に入った。ところがこの乾杯たるや、盃をさかさまにして頭にのせ、こぼれる飲みものをなめている者があるかと思えば、ワインのびんをひっくり返し、テーブルの端に流れてくるワインをすする者もいる。

それでもアリスは、みんなが祝ってくれるのだから、それに対するお礼をいわなければならない。で、立ち上がると、ふたりの女王に両わきから体を押しつけられ、ほとんど浮き上がらんばかり。

そのとき白の女王から鋭い警告が発せられた。何かが起こりますよ！

と同時に、何かどころか、あらゆることがいちどきに起こったのである！

ろうそくはぐんぐん伸びて天井にまで達し！

ワインのボトルは二枚のお皿を翼に、フォークを足にして、鳥のごとく飛びまわり！

マトンの足は白の女王が座っていた椅子に腰かけ！

白の女王はスープの中に消え！

スープのおたまはテーブルの上を歩きまわり！

こんな光景につつまれたアリスは、ついに堪忍袋の緒を切って
「許せないわ！」

と叫ぶや、テーブルクロスをつかんで一気にひっぱり、すべてを砕き、この混乱の元凶と目される赤の女王を見つけ出し、両手でひっとらえるや、ゆさぶって、ゆさぶって、I'll shake you into a kitten ゆさぶって仔ネコにしてやるわ！

えらいけんまくである。そして無抵抗の赤の女王はどうなったかというと、she kept on growing shorter ——and fatter——and softer——and rounder——and——どんどん小さくなり、「ずんぐりむっくり、どんどんやわらかく、どんどん丸っこくなって——」そしてほんとうに、仔ネコになってしまうのであった。

ここでアリスは夢からさめる。鏡の国から帰ってきたわけだが、大きな問題が残った。いったいこの夢は私の夢だったのか、赤の王様の夢で、私はその夢の一部だったのか、という問題である。

どうもこれは永遠の謎になりそうな気配がある。その答は読者の手にゆだねられたまま、現在まで百数十年も読まれつづけ、考えられつづけているのだ。

さてとりあえず本書も、この謎をかかえたまま『鏡の国』に別れを告げることにする。

こんなことが起こったのもみんなあなたのせいよ、とばかり赤の女王をつかんで前後に振ると、いつの間にかそれはアリスのかわいがっている仔ネコのキティに変わっていき、アリスの長い、奇妙な夢もさめるのであった。

『鏡の国のアリス』から削除されたシーン——「かつらをかぶった雀蜂」

『鏡の国のアリス』には、刊行された作品にはへ入っていない、もうひとつのシーンがあった。「かつらをかぶった雀蜂」が登場するシーンである。しかしこれは、挿絵のジョン・テニエルが、まったく興味を覚えないし、絵の描きようがないといった趣旨の手紙をキャロルに送り、キャロルもそれに応じてか、校正刷りの段階ですっぽり削除してしまった。

結局陽の目を見なかったこのシーンでは、白の騎士と別れ、あとは小川を飛び越えれば白の女王になれるという、その直前に起こった出来事が描かれている。

背後の森から深いため息が聞こえたので放っておけなくなったアリスがふり返ると、雀蜂に似たお年寄りが地べたに坐り込んでいた。たすけてあげようとしたアリスが、居心地のよさそうな方へ場所を移してあげると、ほっといてくれ、と言われ、慰めに新聞を読んであげようとすると、記事の言葉にいちいちたてつかれるなど、親切がアダとなって返ってくる。

それでもめげないアリス、具合がよくないのでは？　と思いやると、かつらがよくないからだという答え。そのかつらを見ると、派手な黄色でしわくちゃになっていた。

そして雀蜂はこれをかぶるにいたった経緯を、アリスの要望どおり詩のかたちにして語ったのである。

若かりし頃は巻毛が波打ってふさふさだったのに、仲間が、髪をそって黄色いかつらをつければ似合うぞ、とすすめるのにしたがったばっかりに、今じゃこのザマだという。

98 - 99ページのイラストは、アリス・ファンタジーの挿絵のもととなった、テニエルの鉛筆画。右の青虫は完成画と左右逆転している。この鉛筆画で見ると水ギセルのパイプが楽譜のト音記号の形をしていることがよくわかる。

気の毒に思ったアリスに対して、雀蜂はアリスに皮肉を浴びせる。頭は格好いいが、あごの格好がよくないとか、目が左右近すぎてそれならひとつで足りるんじゃないかとか、昆虫と比較してひどいことを言う。

もちろんそんなことにへこたれるアリスではない。少しの間だけでも、お年寄りを慰めることができてよかったわ、と満足して別れるのであった……。

"IT'S MY OWN INVENTION."　183

comes of having so many things hung round the horse——" So she went on talking to herself, as she watched the horse walking leisurely along the road, and the Knight tumbling off, first on one side and then on the other. After the fourth or fifth tumble he reached the turn, and then she waved her handkerchief to him, and waited till he was out of sight.

"I hope it encouraged him," she said, as she turned to run down the hill: "and now for the last brook, and to be a Queen! How grand it sounds!" A very few steps brought her to the edge of the brook. "The Eighth Square at last!" she cried as she bounded across,

. . . .
. . . .
. . . .

and threw herself down to rest on a lawn as soft as moss, with little flower-beds dotted about it here and there. "Oh, how glad I am to get here! And what *is* this on my head?" she

1974年7月3日、サザビーで『鏡の国のアリス』の校正刷りがオークションにかけられ、削除された「かつらをかぶった雀蜂」のシーンが約100年ぶりに発見された。上の図のページにその場面が入ることになる。

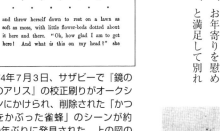

第3章 アリスとキャロルと写真術

①キャロルにとっての写真術

アリス・ファンタジーの作者ルイス・キャロルが、写真家でもあったことはそれなりに知られているが、さてどのような写真家であったかという点になると、あいまいにされがちである。「アマチュア・カメラマン」とくくられることとさえ少なくない。

写真で生活の糧を得ていたわけではないから、確かにプロとは言えなかったけれども、当時の写真事情からすれば、プロかアマかはたいした問題ではなく、どれだけ写真術を手中におさめているかどうかが、写真家としての評価を左右していたというべきで、その点からするとキャロルは、間違いなく時代の先端を行く第一級の写真家だった。

キャロルの数少ない肖像写真のひとつ。レンズを磨くというキャロルらしさがよく出ている写真。当時の一流のカメラマン・レイランダー撮影のもの。

そして、その写真術は、誰でもシャッターを押しさえすれば撮れるといった現在の写真環境とはまったく違い、手間ひまかけて取り組まなければたった一枚の写真でさえできあがらないという、いわば職人技の趣を持つ「術」であり、したがってまた、キャロルの感覚に少なからぬ影響を及ぼしたと考えるべき「術」であった。

なにしろ、たとえば目の前にいた人物が、しばらくするとガラス板（感光剤を塗った板で、今のアナログ写真におけるフィルムにあたる）にあぶり出しのように像（鏡に映る像と同じように、左右が反転して見える、ネガ像）として浮かびあがってくるという、魔法のような「術」だったのである。それも、化学薬品を用いる細心の注意と微妙な手技も必要とされた「術」であり、その全過程が魔術的で非日常的なものだった。

だからキャロルが写真術に傾倒していったその直線上にワンダーランドが出現したとしても、まったく不思議ではない。キャロルの写真術が、『不思議の国のアリス』や『鏡の国のアリス』の構想やいろいろなシーンに反映されていると考えるのは、むしろ自然なことなのである。アリスが伸び縮みしたり、左右が逆転する奇妙な世界へまぎれ込んだりするおかしさは、写真術のおかしさそのものであり、こうしたことの具体例についてはすでに拙著『チェシャ猫はどこへ行ったか』（河出書房新社）で検証しているので、ここではひとつひとつ挙げることはしない。むしろ、キャロルと写真術とのふかいかかわりについて、述べていこうと思う。

キャロルが購入したのと同型のオットウィル・カメラ。四角い箱の奥側がすりガラスになっていて、そこに、倒立した像が映し出される。そのすぐ前の溝にフィルムにあたる感光板を入れ、像を取り入れる。レンズは固定されているので、ピントは入れ子式になっている箱の奥側を、前後にスライドさせることで合わせる。（日本カメラ博物館蔵）。

②キャロルの時代の写真術

まず、キャロルが写真術に手を染めたとき、写真術はどんな状況にあったのか、そしてその写真術とはどのようなものであったのかをざっと見ていくことにしよう。

ルイス・キャロルが、ロンドンの写真機製造業者オットウィルの店で、はじめて写真機を購入したのは一八五六年三月一八日のこと。毎年催されるようになってまだ三回目という、ロンドン写真協会の展覧会を見て、写真術が新しい本格的なメディアであることを、あらためて実感した一月一六日から、わずか二か月後のことだった。

この年を仮に「キャロル写真元年」として写真術史を繙いてみると、そもそもフランスでダゲールがその写真術を公開し、王立アカデミーから公的に写真術発明者の栄誉を受けたのが一八三九年、キャロル写真元年の一七年前にすぎない。写真を一般的な技術とするのに大きな役割を果たし、キャロルもこれを用いた「コロジオン湿板写真術」が開発され、特許権を気にせず写真術に親しむことができるようになったのが一八五一年。キャロル写真元年のわずか五年前。同じ年にロンドンで第一回万国博覧会が開催され、このときはじめて大きな写真展が実現していた。

つまりルイス・キャロルが写真術に手を染めるようになったのは、写真術の黎明期とぴたりと重なっているのである。しかもその写真術は、まさに術というにふさわしいものであり、写真を撮るという行為が、現在のそれとはまったく似て非なるものであった。

ひと言でいうと、現在の写真が電気的・物理的な要素を多く含むメディアであるのに対して、キャロル時代の写真は、まったく化学的なメディアであり、根本からそのありようは違っていた。

どのように化学的なメディアであったか。それはキャロル自身が次の「詩」で楽しんだほどに、といっておこう。

> まず最初、かれはガラス板を
> コロジオンに浸け、
> 硝酸銀を注意深く水に溶き
> その電解槽にガラス板を沈め——
> 一定時間置いたのだった。
> （中略）
> 最後に、彼は写真をそれぞれ
> 酸化ナトリウムで作られた
> はたまたチオ硫酸ナトリウムで作られた
> 飽和溶液で定着させた。

まるで、化学実験の手続きが記されているようだ。しかもこの過程で、驚異的なことが起こる。主材料のガラス板に「像」が浮かび上がってくるのである。しかもネガとはいえ現実にそっくりの像が得られる。無から有を生み出すという点において、これはまさに魔術的なことであり、いろいろな物質を化合させて「金」を得ようとした錬金術と同質の、化学的魔術あるいは魔術的化学というべきではないだろうか。

キャロルにとって写真術とはそのようなものだった。

③写真術に対する驚嘆

キャロルは、写真機を購入したキャロル写真元年の前年に、亡き母の弟にあたる叔父のスケフィントン・ラトウィッジに、写真術の実際を見せられている。そして写真術が身近なものになってきたことを実感するとともに、写真術に対する驚きを文章に置き換えて表現している。題して Photography Extraordinary＝驚異の写真術。

ここでは、対象を像として取り込んでしまう写真術の能力に驚異を感じ、その力の及ぶところに想像力を羽ばたかせている。写真術は、外界の物だけでなく、なんとひとの心の動きまでも感じとり！ 像にしてしまうのである。

それを実証するために、ひとりのいかにも愚鈍そうな青年が被験者として写真機の前に呼ばれる。たちどころに写し出されたのは、たとえば次のような古風な表現だった。

やんぬるかな！　かのひとにいれられざりしわがねがい
さればとて　かみかきむしるもおろかしけれ
みだるれば　わがおとこまえさらにおちん

——

これをもっと強い現像液に浸すと、同じ箇所が次のようなくだけた表現になった。

やれやれ、みごとにふられたか
みわるいおとこをつかむがいいや
「いや」とはあきれたのうなしおんな
（高橋康也訳）

さらに強く現像すると——という具合に話は進んでいくのだが、ここには、写真術に対するキャロルの率直な思いが込められている。すなわち対象を像として取り込む写真術の魔術的パワーに対する驚嘆と、これをわが手中

キャロルが写真術に踏み込むにあたって絶大な影響を与えた、叔父さんのスケフィントン・ラトウィッジ。この叔父さんのところで望遠鏡や顕微鏡を楽しみ、ついに最新のテクノロジー写真術まで目のあたりにできた。キャロルにとって非常に重要な存在であった。

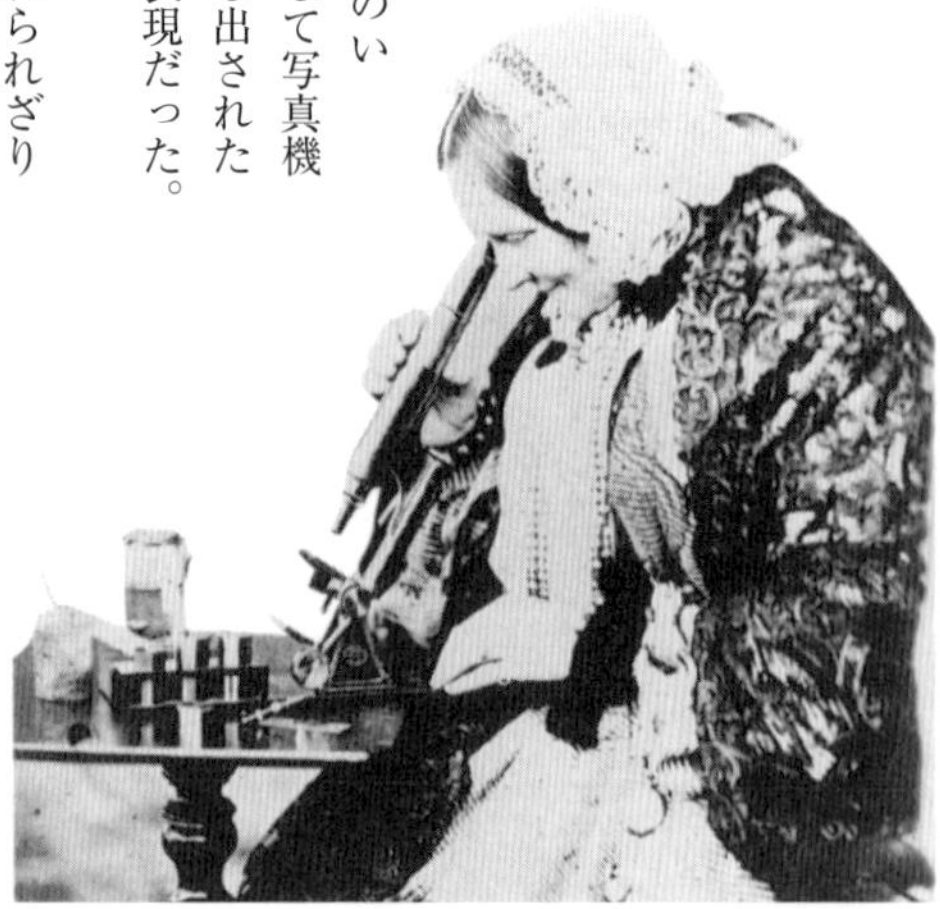

そのスケフィントン叔父さんのものとおもわれる（つまりはキャロルものぞいたであろう）顕微鏡をキャロルの叔母（母の妹、母の死後は母代わりだった）にあたるルーシィがのぞいている。

この時代の写真術は、感光板に像をあてる時間（今でいえばシャッターを開ける時間）が短くなかったところにも大きな特徴がある。この写真では大通りは閑散として見えるが、これは、馬車などはひっきりなしに動いているので、感光板に像としてとどめることができなかったということを意味している。画面中央下に、靴みがきをしてもらっているらしい男性が見える。この男性は比較的じっとしていたので、写しとられたのである。１分たらずの露光時間でもこういうことは起こりえた。

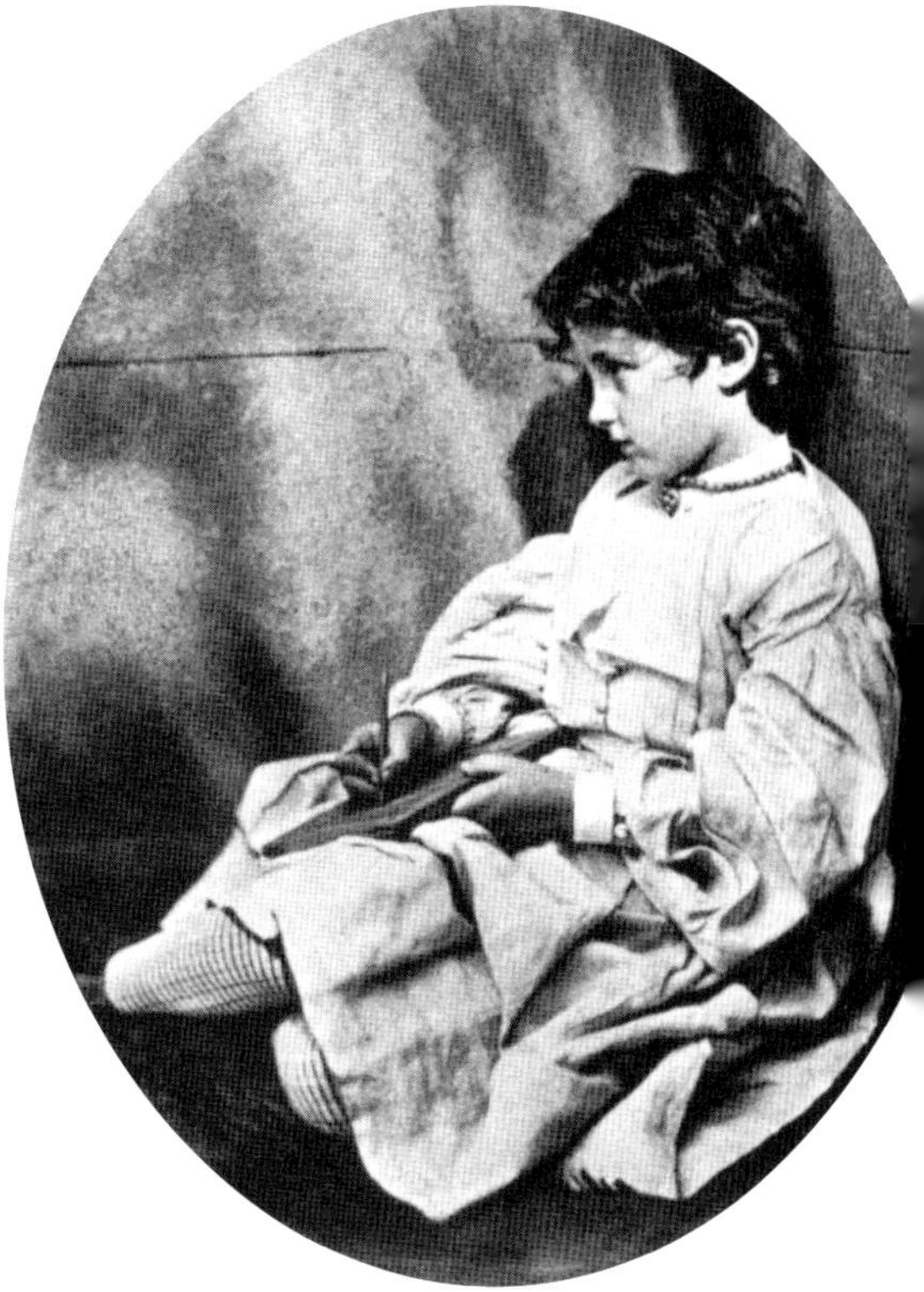

これはルイス・キャロルが1865年に撮影した写真だが、露光時間は数十秒。じっとしているには短くない時間なので、被写体の少女を壁によりかからせるなど楽な姿勢をとらせている。

に収めることのよろこびが感じ取れるのである。

④写真術の実際

ルイス・キャロルが親しんだ写真術は、コロジオン湿板写真術というもので、そのプロセスを簡単に記すと次のようになる。

①まずガラス板に感光液（コロジオン溶液）を均等に塗る。いわばフィルムを撮影直前に作るのである。

②これを写真機にセットして撮影する。撮影は、被写体が静止したらレンズキャップをはずし、一定時間被写体やその周辺にあてられた光を取り入れ、その後再びキャップをして光を遮断するという手順で行われる。

現在のアナログ写真機なら、たとえば未感光のフィルムをセットしてから撮影対象にレンズを向けシャッターを押すという行為がこのプロセスにあたる。

③撮影後直ちにガラス板を取り出し、暗室に入って、溶液が乾かないうちに現像液に浸し現像する。

④ここでできた像はネガの状態だが、これをポジにするため印画紙に定着する。

おおよそ以上のような作業になるが、撮影対象をどうするか。すなわちどの風景を切り取るのか、あるいは人物にどのような姿勢をとらせ背景はどうするのか、といったソフトの作業と、化学的な処理をしたりするハード面の作業のすべてを手がけて、はじめて「写真術を実施した＝写真撮影を行った」といえるのであって、現在の写真撮影とはまったくちがうものと考えるべきである。

キャロルと同時代の日本における写真術師・上野彦馬を主人公にした小説（伴野朗『坂本龍馬の写真――写真師彦馬推理帖』新潮文庫、一九八七年）の中に写真術のハード面を具体的に描写したシーンがある。わかりやすいので、少々長くなるが引用する。

> 感光液は、沃化コロジオンである。アルコール、硫酸、アンモニア、エーテル、カドミウムなどを混合して、沃化コロジオン液をつくるわけだが、彦馬は原材料の一つ一つをつくり出していかねばならなかった。
>
> アルコールは、焼酎から採出しようとしたが、不純物があり、結局、ポンペ秘蔵のゼネフル（ジン）から抽出した。
>
> 硫酸は、もっと大変だった。二メートル角の板箱のなかに、鉛板の箱を置き、なかに硫黄と硝石を入れる。これを熱して、一種のガスをつくり、箱外の小穴から蒸気を送り続ける装置をこしらえた。三人の手伝いを使って、六昼夜、不眠不休で作業した。彦馬はほとんど眠らなかった。手伝いの男たちが居眠りするのを、叱咤しながら頑張った。七日目、蓋をあけると、硫酸液ができていた。精製して約一ポンドの硫酸を得た。

まさに写真術の錬金術的苦心がうかがわれるシーンである。

現代の写真撮影とは、さらに被写体についても、大きな違いがある。

それは主として撮影時間（撮影の準備と、レンズキャップをはずして光を取り入れる

感光板を作ったり、現像したりする作業はすべてほとんど光のないところで行わなければならない。それで野外での撮影ともなると、テントを張り、その中に薬剤やそれを混ぜ合わせる道具などのもろもろを納めて、撮影にとりかかることになる。

像を取り入れる感光板も自分で作らなければならなかった。イラストのように、感光剤をガラス板に均等に塗り、乾かないうちにカメラにセットするのである。感光剤が均等でないと光の取り入れ方にムラができ、よい写真が得られない。こうした手技も写真術の一部なのである。

「露光時間」を加えた時間）の問題である。

キャロルの場合、かなり性能がよくなってからでも、よい天候のときで露光時間が四五秒、曇りの日だと一分三〇秒かかったという記録を残している。

これは、瞬間をとらえるところに写真の特性のひとつがあると信じ込んでいる現在の感覚からは、とうてい考えられないほどの長時間である。

その間、被写体はじっとしていなければならないのだから大変である。この当時の肖像写真を見ると、その被写体の多くが何かに寄りかかっていたり、どこかに手を置くポーズをとっているのは、そうでもしなければじっとしていられなかったからである。

キャロルが写真にとりかかったのは、写真術がざっと以上のように手の込んだ、しかも化学的・魔術的な技術にほかならない、そういう時代だったのである。

⑤写真術と重なってあったもの

キャロルが写真術にのめり込むように傾倒していった背景に、同時代の光学装置がキャロルにもたらした驚きと感動がある。

たとえば望遠鏡や顕微鏡が見せてくれる世界は、現実とは微妙な一線を画した「アナザーワールド」であり、キャロルを魅惑してやまなかった。このことはたとえば一八五二年（キャロル写真元年の四年前）一月二四日付けの、キャロルの手紙からも、ありありと読みとることができる。お姉さんに宛てたその手紙には、キャロルがロンドン在住のスケフィントン・ラトウィッジ叔父さんを訪れたときのことが記されている。このスケフィントン叔父さんがキャロルに写真術への目を見開かせたことは先述した。

……昨晩二人で月と木星を観測し、その後、叔父さんの大きな顕微鏡で色々ちっちゃな生物を観察しましたがこいつは本当にちょっとした見ものです。何しろ生き物が見易いように透けて見えるので、ありとあらゆ

カメラの原型となったカメラ・オブスクラの一例。テントの上にあるレンズでとらえた野外の風景がその真下の画板に映し出される。それを描きとればリアルな風景画になるというもの。この画板に感光剤を塗れば感光板になる。つまりこのレンズ付きテントがカメラそのものだったわけである。

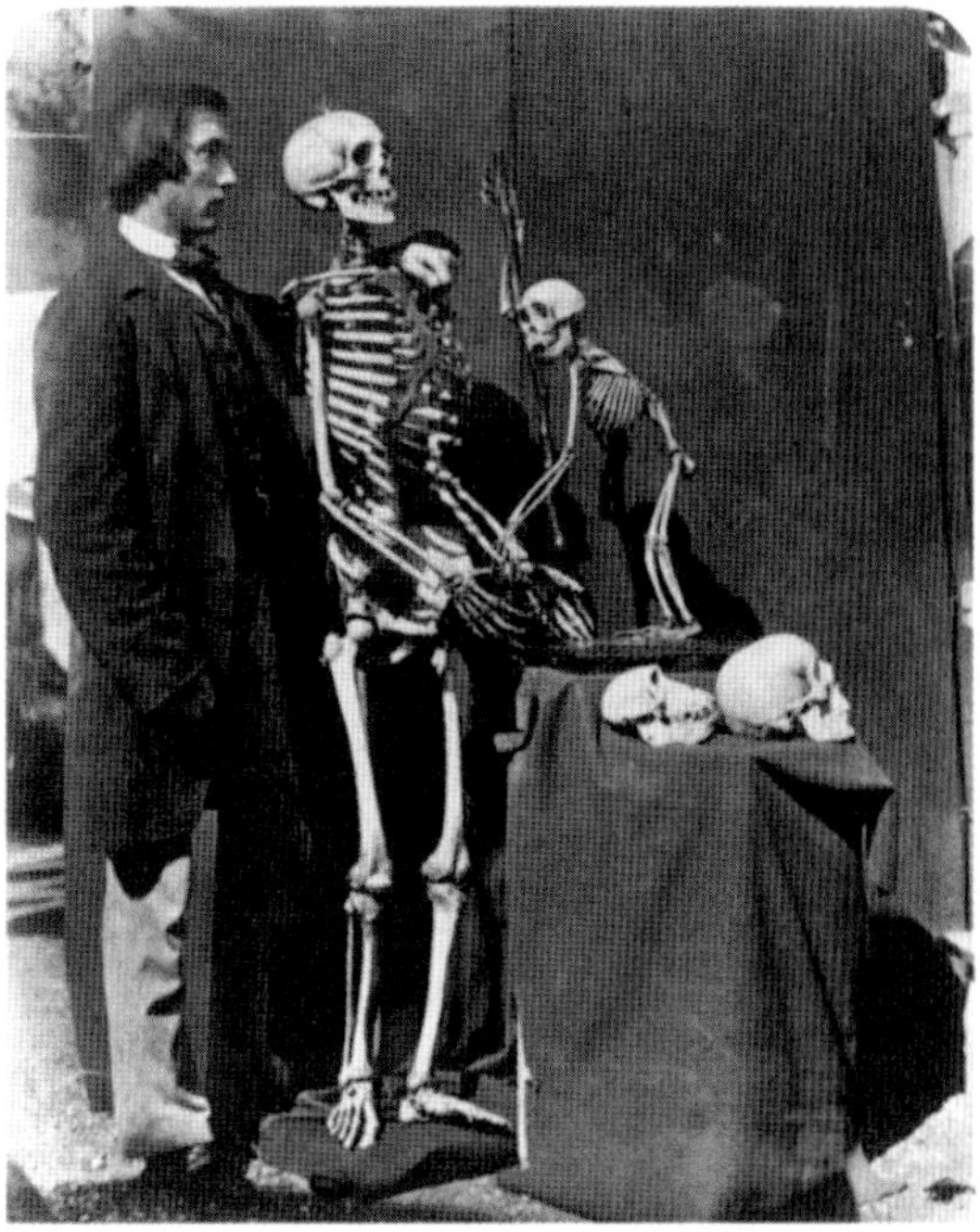

類人猿とサルの骨格を並べた医学生の写真。ルイス・キャロル撮影。ダーウィンの進化論が激しい論争をまき起こしていた頃のものだが、詩人のアルフレッド・テニソンは、キャロルの写真の中でもとりわけこの種のものに興味を抱いたという。

る器官が機械のこみいった部品みたいに動くのが見えるし、血液の循環まで見えるんだから。何もかもがまるで汽車のスピードで動いてるものだから、こいつはどうやら一日か二日しか生きてられない昆虫で、だから精一杯あくせくやってるんだと考えたりしたんですよ。（『ルイス・キャロルの生涯』より）

ここでキャロルは、小さい生物の存在の仕方にも言及しているが、「ちょっとした見もの」と書いているように、普通には見えない世界が「アナザーワールド」としてリアルタイムで展開されていた、その驚くべき事実がいきいきと伝えられている。

ちなみにこの当時顕微鏡は、改良が重ねられるとともに、一八四六年（キャロル写真元年の一〇年前）には今も光学機器メーカーとして知られるドイツのカール・ツァイス社が設立されるなどして、その普及の度を早めており、スケフィントン叔父さんのような一般の人でも入手できるようになっていた。

キャロルが1858年に撮影したふたりの叔母さん。チェスをしているふたりの服装とバックの濃淡が、赤と白（あるいは黒と白）というチェスの対抗色をあらわしている。キャロルの茶目っ気がうかがえる写真である。

キャロルが撮影した、キャロルの七人姉妹。この時代、単独の肖像写真がメインで、このような集合写真は珍しいものだった。露光時間の長さから、各々のポーズのとり方、衣裳の濃淡などを含む、全体のバランスをよくするのは、そう簡単なことではなかったからである。

キャロルの手紙には微生物のことが記されているが、ちょうどこのころ顕微鏡の改良とともに、細胞レベルの観察研究が飛躍的に発展している。これまでその存在が知られていなかった「アナザーワールド」がクローズアップされてきた、まさにそのような時代のただ中にあったわけだ。

　月と木星の観測と記してあるのも気になるところだ。木星の不気味な赤い縞模様は見えたのだろうか。そして月はどのように見えたのだろうか。望遠鏡で見る月は一種異様な感覚をよびおこすところがある。まさにぽっかり宙空に浮いているように見えたはずである。

闇の宇宙に明るく浮かびあがった物体――これもまた「アナザーワールド」そのものである。この不思議な感覚は肉眼による観察からは得にくい。たしかに望遠鏡という光学装置を通してのものである。顕微鏡や望遠鏡など、光学装置のもたらすこのような摩訶不思議な「アナザーワールド」体験を味わって楽しんでいたルイス・キャロルが、写真術に対してつよい関心を示したのは当然といえば当然のことだった。

　光学装置から得られる「アナザーワールド」は、写真術の場合、まずカメラのレンズを通してすりガラスに映し出される「像」にある。

桂冠詩人のアルフレッド・テニソン卿。キャロルが写真をはじめた初期の写真（1857年撮影）だが、キャロルが尊敬していた詩人であり、当時としては超大物であり、撮影にこぎつけるまでの苦労は並たいていのものではなかった。

現在のカメラのファインダーに当たるが、その像がもたらす世界はまったく異質なものである。すりガラスに映し出される像は現実世界とは天地左右が逆転しているだけでなく、奥行きの感覚も異質なもの（三次元世界が二次元世界に映し出されるのだから当然ではあるのだが）だし、色合いも独特のものである。

　そしてこれが撮影を経て、化学的処理をほどこされると、モノクロームの静止した像として定着されるのである。魔術的・錬金術的あやしさをそこに感じたとしても、けっして不思議ではない。

⑥著名人と写真術

ルイス・キャロルにとって写真術がどのようなものであったか――これは、キャロルがレンズをどこに向けたか、そしてどんな写真を仕上げたかというところからも探ることができる。

　当時写真術は、たとえば外出時にカメラを手に持ち、興味のおもむくままにシャッターを押すという類の手軽なものではなく、フィルムを作るところから像を定着するところまで何から何まで自分の手でやらなければならないのだから、こういう写真を撮りたい（作り上げたい）という明確で強い意志と、面倒な作業に最後まで取り組む覚悟が必要だった。撮影対象が重要な意味を持つのは当然のことだった。

　キャロルがのこした写真を垣間見る（実物

ビクトリア女王の子、レオポルド王子（1875年撮影）。これも王子がクライスト・チャーチで学んでいた時に撮影したもの。この時はすでにアリス・ファンタジーの作者であることを知られていたという。

デンマーク皇太子のフレデリック（1863年撮影）は、クライスト・チャーチに留学していた縁でキャロル写真の被写体になった。キャロルの写真術に大いなる興味を示したそうである。

はほとんど見られないので）と、大きく分けて、当時の著名人と少女たちのふたつのグループが際立っている。

著名人を撮るということには複雑な意味合いがある。なかでも、その肖像写真は一種のブロマイドとして一般に（買い）求められる性質をもっていた。それも、写真入りのメディアなどない時代だったから、ほとんどの人はじめて見る著名人のブロマイドなのである。著名人の側ではかんたんには「撮らせない」のが普通だった。肖像権など確立していない時代だったから、肖像写真を撮らせるということは、ほとんどの場合、自分の肖像を売りわたすことを意味していた。写真術をもって近づくことは、著名人にしてみれば自分の肖像を奪われる警戒すべきことだったのだ。

実際キャロルも、当時のトップクラスの詩人、王室に認められたいわゆる「桂冠詩人」のアルフレッド・テニソンを写真に収めるのに相当苦労している。テニソンはなかなか写真術師キャロルに心を許そうとしなかった。「写真術師」には、まだまだうさんくさいイメージがあったのである。

しかし実際に自分の姪アグネス・グレイス・ウェルドが「赤ずきんちゃん」に扮したかわいらしい写真を見て、テニソンは写真術に対する評価を一変させ、自分がキャロルの写真術の対象になるのを許すに至った。

それにしてもキャロルはなぜ著名人の撮影にこだわったのか。

脱出する少女というきわどい設定の合成写真。1862年にキャロルがアリス・ジェイン・ドンキンをモデルに撮影した。少女に対する演出家キャロルの面目躍如たる写真である。

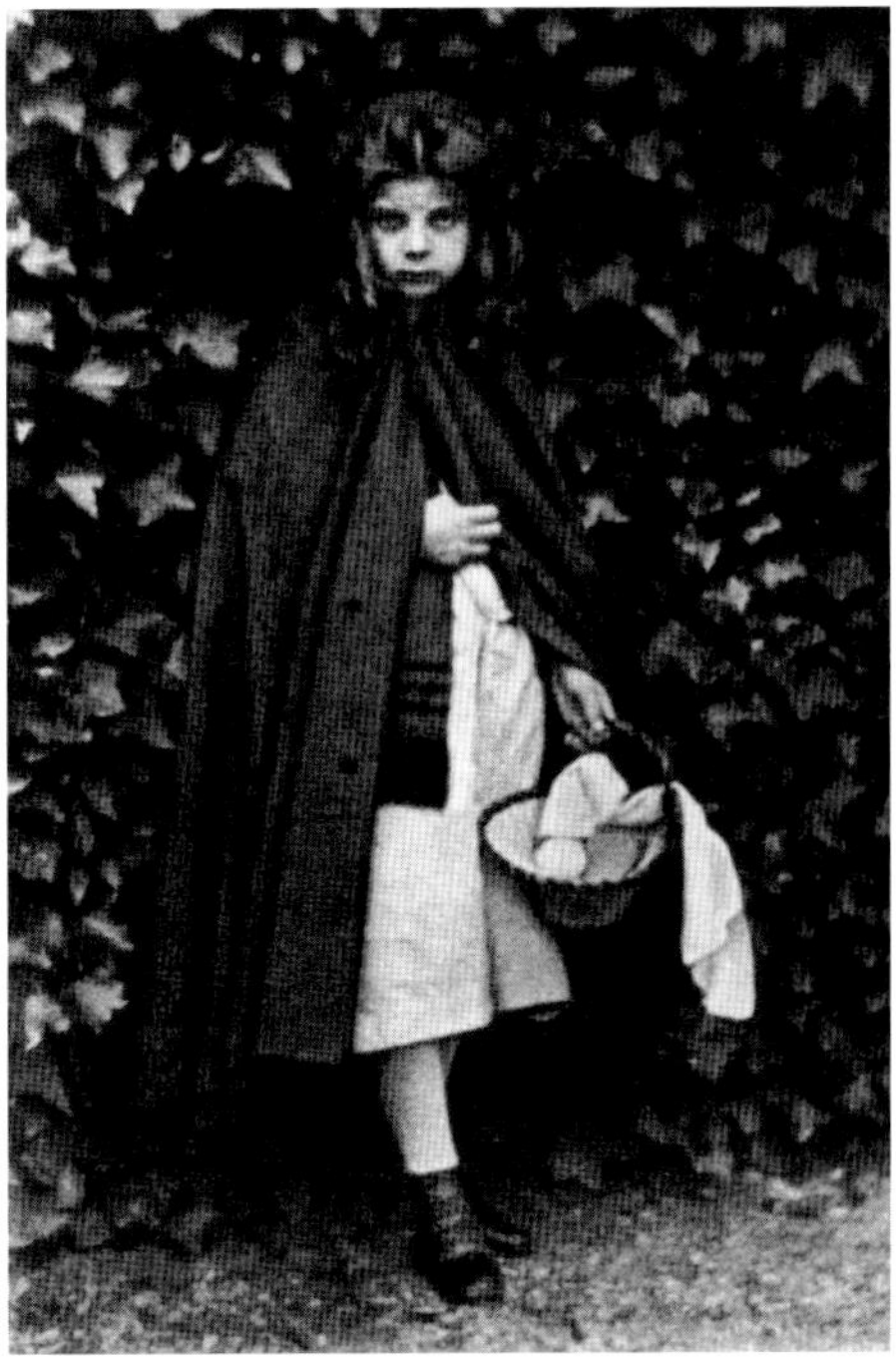

キャロルが会いたがっていた詩人・アルフレッド・テニソンの、姪アグネスに赤ずきんの扮装をさせて撮った写真（1857年撮影）。これがテニソンのお気に入りとなり、写真撮影を拒んでいたテニソン自身の頑なな気持ちを和らげることとなった。

少なくとも、ブロマイド写真を作って販売するためではなかった。

また、撮影を通して著名人と知り合いになりたかったからという見方もあるが、それなら写真にこだわる必要はなかった。特に『不思議の国のアリス』出版以降は、このベストセラーを媒介にしたほうが、ことはスムーズに運んだはずである。なぜキャロルは著名人の撮影にこだわったのか……

ここで、写真術が化学薬品のにおいにつつまれた術であり、その複雑微妙なにおいの中で、現実を「像」として取り込むだけでなく定着させてしまう術であることをあらためて確認し、この事実に著名人の顔かたちを重ねてみる。すると、魔術的なわざを用いて著名人を手元に封じ込め、わがものにしてしまうというプロセスがあぶり出されてくる。

そこに深刻な意味をもたせる必要はないが、一時的にせよそのような魔術をふるう、そのこと自体はなかなか魅力的である。それだけに、手間ひまかけて封じ込めた「像」を、世間一般の目にさらすなど、とんでもないことだったにちがいない（写真販売業者が肖像写真を得ようと、写真術師キャロルに甘言をもって近づいたであろうことは容易に想像できるのだが）。

⑦韜晦《とうかい》するドジソン先生

さらにもうひとつ、この件に関して注目すべき事実がある。それは、キャロル自身が自分の肖像写真をなかなか撮らせなかったことだ。

「自分の写真が他人の眼にさらされるなんて」という意味のことを記している（『ルイス・キャロル伝』）が、化学薬品のにおいがしみ込んだ写真術師の手の中で「自分」が自在に扱われるなど我慢ならないことだったのではないか。自分が写真術師であるからこその警戒である。

自分を守る、このような姿勢は写真だけにとどまらなかった。キャロルは自分（本名チャールズ・ラトウィッジ・ドジソン）と「アリス・ファンタジー」の作者「ルイス・キャロル」を、見ず知らずの他人に重ねられることを極度にきらっていた。

不遠慮な目で「ルイス・キャロル」を見られたくなかった。

それは写真術師の手中で「自分」が扱われるのと同じように不快なことだった。

ドジソンがキャロルを隠し、キャロルがドジソンを隠すことにかけてはずいぶん徹底しており、アリス・ファンタジーについてインタビューしようと、ドジソンに会いにきたジャーナリストに対して、あれはルイス・キャロルが書いたものであり、ここにはルイス・キャロルはいませんよ、とケムに巻いたエピソードも伝わっているほどだ。

アリス・ファンタジーのヒロインとなったアリス・リデル（向かって右）と、そのお姉さんのロリーナ・リデルに中国服を着せ、傘をささせ、アリス・リデルを立派な椅子に座らせるなど、舞台上の一シーンを思わせる構成で撮影している。あたかもこの写真の延長線上にアリス・ファンタジーがあるようだ。1860年頃にキャロルが撮影したもの。

⑧写真術と少女

さて写真として「像」を定着させてしまう、すなわち自分の手元に取り込んでしまうというあやしげな欲望については、少女に対しても同様だった。

お気に入りの少女がいれば、目新しい写真術の世界に誘い込み、さらに「像」として定着しようとした。

著名人に対してほどこした写真術と大きく違っていたのは、少女たちに対しては、撮影現場にとどまらず、写真術を魔術的に展開する「暗室」という現場にまで少女たちを引き込んだ点だ。「暗室」が化学的薬品のにおいにみちあふれていたことはいうまでもない。キャロルにとっても少女たちにとっても、そこは魔術の現場にふさわしい空間だったのである。

ここでの出来事をもう少しくわしく想像し

キャロルと仲がよかった少女クシー・キッチンに中国服を着せ、帽子も靴も中国風、手には扇子まで持たせている。1873年撮影のもので、腰かけている荷箱の並べ方といい、これも舞台の1シーンのようである。

てみよう。感光板を作る＝フィルムを作るところに少女を立ち会わせる必要はない。そこでは劇的なことは何も起こらないからだ。そのあいだ少女たちは撮影スタジオで自分の情感（期待）を高めていればいい。たとえばチャイナ服など、自分のものではない特別の衣裳を身に着けるのであれば、いわば本舞台直前のリハーサルを行うことになる。

やがて撮影。ここでは少女たちの静かなドラマが見られたはずである。与えられた衣裳にふさわしい役になりきったり、アリス・ファンタジーにおけるアリスのように、自分でも思いがけない自分を演じたりする、短い劇的な時間が流れる。

そして撮影が終われば直ちに暗室に入って現像である。少女たちはこの現場に誘われる。好奇心でいっぱいの少女たちはよろこんでついて行く。

そして、感光板（ガラス板）にゆっくりと自分の「像」が浮かび上ってくるのを見ることになる。

像はネガ状態だが、何もないように見えるところから浮かびあがるのには、むしろポジよりふさわしい「幻の像」である。——この戦慄すべき時間をキャロルはどのように表現すればよかったのだろうか。ただ息をのむしかなかったのではないだろうか——少女たちと同じように。

この瞬間、キャロルと少女たちは、この世のものとは思えない不思議な関係を結ぶことになる。

キャロルの写真術における少女は、魔術の対象であると同時に、その魔術の現場を共有する、もっとも信頼できる、共犯者であり仲間だったのである。

⑨「ルイス・キャロル」の誕生と写真術

ルイス・キャロルと写真術との関わりについて、注目すべき年譜的符合がある。

チャールズ・ラトウィッジ・ドジソンが、寄稿していた雑誌「トレイン」誌の主幹エドモンド・イェイツのすすめでペンネームを考え、それを Lewis Carroll としたのが一八五六年三月一日（キャロル二四歳）のこと。一方、そのドジソン青年が自分の叔父・スケフィントンの写真術に刺激され、ついにカメラ購入に踏み込んだのは同じ一八五六年の三月一八日のこと。

つまり「ルイス・キャロル」の誕生は、写真術師としてスタートした「キャロル写真元年」のことだったのである。

キャロルの写真術への情熱に火をつけた、例のスケフィントン叔父さんの写真術を目の当たりにしたのは、その前年の一八五五年九月だった。そして翌年正月一六日には、ロンドン写真協会の年次展覧会に行き、草創期の写真術の成果に目を奪われるとともに、写真

1862年にキャロルが撮影したリデル3姉妹。左からアリス、アリスのお姉さんロリーナ、妹イーディス。これは手に楽器を持たせジプシー風を装わせた写真。

術への熱いおもいは一気に沸点に達した。

　写真展から一週間も経ずして、自分のそのような思いを理解してくれるはずのスケフィントン叔父さんに手紙を出し、写真機がほしいと率直に吐露するに至っている。キャロルはその手紙の中で「ただ読んで書いていという他に、何かしたいのです」と記している。「読んで書いて」つまりこれまでの自分が親しんできたメディアを超える何かが写真術にあることを、キャロルは直感していた。もはや写真術を見過ごすことのできなくなった、まだ二四歳前後にすぎない若者の焦りさえ、この表現からは感じられる。

　それからわずか半月ほどしか経っていない二月九日付けの日記には、次のようなことを記している。のちにアリス・ファンタジーを生み出す作家ルイス・キャロルの核心にふれていると思うので、少々長くなるが引用する。

　我々が夢を見ている間、そしてよくあることだがどうやら夢らしいとおぼろげにわかって目ざめようと努めるような時、我々は目ざめている時にならば狂っていると断じるよりないことどもを言ったりしたりしているのではないか？　それなら狂気というものを、いずれが夢、いずれが現とも判別しえぬ状態だという風に定義してはいけないのだろうか。我々は夢を見るがその時にはこれがありもしない夢だとはゆめ思っていない筈なのだ。「夢はまた夢の国をもっている」のであり、目ざめている時間のもつ現実性におさおさ劣らぬ幻実性を夢の時間ももっているのである。（『ルイス・キャロルの生涯』より）

　この、夢についての記述は興味深い。夢と現実の境を安易に線引きしないどころか、「幻実性」（原文では lifelike）という言い方を

今やワッツ夫人となったエレン・テリーだったが、キャロルのエレンに対する賞讃と敬意のこもった愛情は変わらなかった。これはエレンの結婚翌年にあたる1865年にキャロルが撮影した写真。

1856年、プリンセス劇場で演じられた「冬物語」。嫉妬と疑惑で正気を失っていくシチリア王リオンティーズ（左、チャールズ・キーン）の子として、重要な役割を果たす王子マミリアスを演じたのが、まだ8歳のエレン・テリーであった。その演技と愛らしさにキャロルも賞讃を惜しまなかった。

するほど、夢をもうひとつの現実であるかのように位置づけているからだ。

⑩写真術と舞台という夢の国

さて、キャロルにとって写真術とは、このような夢感覚を、ストレートに表現できるメディアでもあった。ガラス板の表面にさっき目の前にあった現実の像がネガとして浮かび上がる。それは現実そっくりでありながら、現実とはべつの、まさにリアルなアナザーワールドなのである。

ここにもうひとつ注目すべき事実がある。「ルイス・キャロル」が登場しカメラを手にするのとほぼ同時期に、キャロルは劇場通いを始めているのである。そして少女俳優のエレン・テリーのファンになる。どちらが先なのかはいわくいいがたいところがある。舞台に関心を呼び起こされ、そこにエレン・テリーを見つけたのか、あるいはたまたまエレン・テリーという少女俳優を見て、そのような少女が存在する舞台空間に魅力を感じたのか——

いずれにしてもキャロルは、一八五六年、エレンの舞台（シェイクスピアの作品『冬物語』で、王子マミリアスを演じた）を見たとき、たちまちこの八歳の少女の虜になり、ほとんど恋ごころとでもいうべき感情を芽生えさせた。もちろんそれは、舞台上の、つまりアナザーワールドのエレンに対する恋ごころであったのだろうが、舞台というフィクショ

1865年にキャロルが撮影したエレン・テリー像。この時までにすでにシェイクスピア劇の女優としてずいぶん活躍していた。

キャロルがファンとして通いつめていたエレン・テリーは17歳にして画家ジョージ・フレデリック・ワッツと結婚（その十数年後に離婚）。この絵は当のワッツが描いた美しいエレン・テリー像である。

ナルな「夢の国」もまたひとつの現実と考える（感じる）キャロルにとっては、かなり複雑微妙な作用を自分に及ぼす存在だっただろう。

だから、たとえエレンの虜になって、「追っかけ」状態になっていたとしても、キャロルが、舞台以外のところでエレンに積極的に会おうと（言葉を交わそうと）したかどうかは、はなはだ疑わしい。

写真術の対象（被写体）としてはどうだっただろうか。

舞台上のエレンを写真に収めること、言い換えれば「夢の国」を写真に定着させることは、おもいもよらなかった。自然光ではない舞台の光の量と、ほとんど静止することのない舞台上の動きからして、撮影はとうてい無理だったのである。

実際、少女俳優エレン・テリーの舞台写真を撮ることはなかったし、撮影を口実として彼女に接近することもなかったようだ。

実際にキャロルがテリーに会うのは、それから八年あまり経った一八六四年のこと（すでに『不思議の国のアリス』は出版製作過程に入っていた）である。引き合わせたのは、キャロルとジョン・テニエルを結びつけた雑誌『パンチ』の編集者、トム・テイラー。彼は劇作家でもあり、演劇世界とは深い縁があったので、この引き合わせは、それほど不思議なことではないのかもしれないが、まるでキャロルの隠れたプロデューサーであるかの

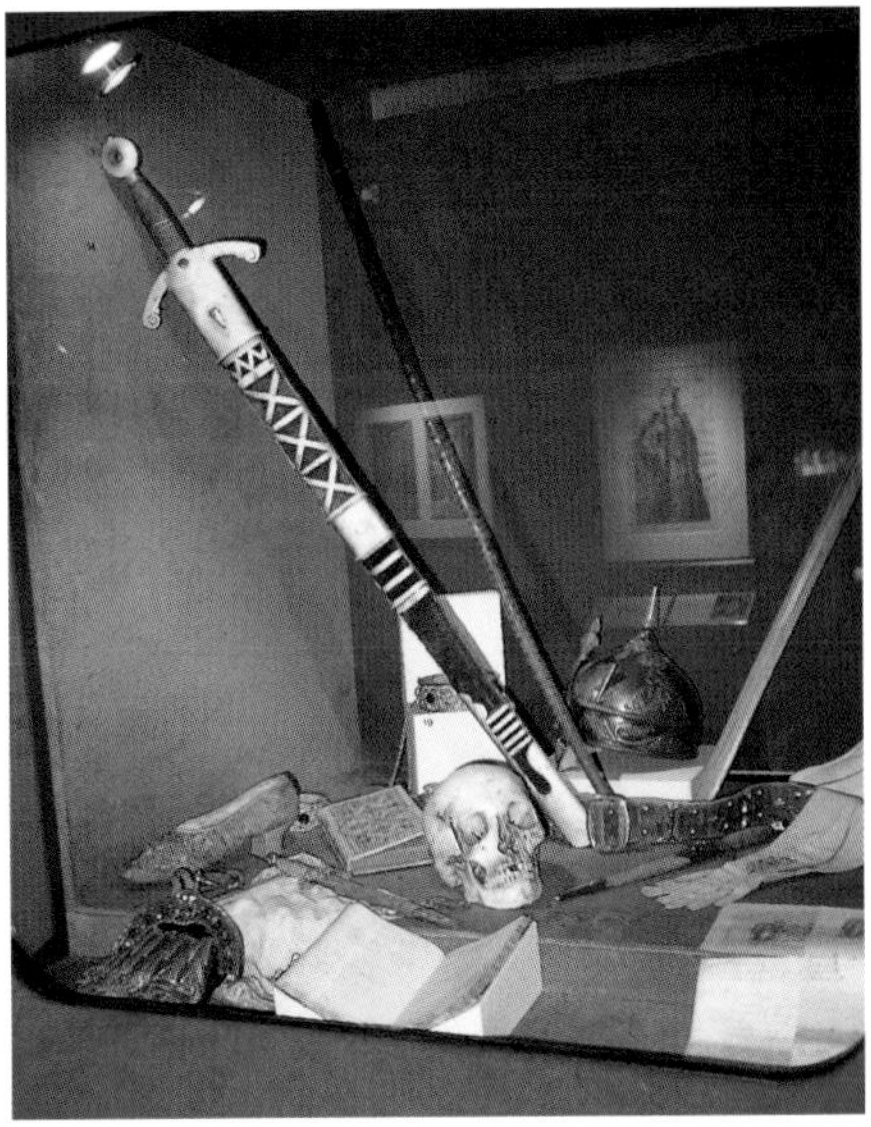

ロンドンにある『シアター・ミュージアム』にはヘンリー・アーヴィングのコーナーがあり、彼の使った小道具などが、こうして展示してある。

エレン・テリーは、俳優にして演出家、プロデューサーとして第一線で活躍していたヘンリー・アーヴィングに認められ、1878年から1902年という円熟期に彼のもとでシェイクスピア女優としての地歩を固めていった。写真は『ベニスの商人』でシャイロックを演じたヘンリー・アーヴィング。この作品のポーシャがエレン・テリーの当り役となった

ようだ。

それはそれとして、このときエレンはまだ二〇歳《はたち》前だったが、実は二〇歳も年上の画家、G・F・ワッツと結婚していた。キャロルの心情を思うと、過酷な出会いのようにも思えるが果たしてどうだったろうか。

舞台のエレンは依然魅力的であり、キャロルを夢幻の世界に誘う存在だったのだから、ワッツ夫人という現実は、眼をつぶりさえすればそれですむ程度のこと。それよりも、だいぶ腕を上げてきた写真術でエレンを自分の手中に収めることのほうが、キャロルにとって意味のあることだったのではないだろうか。写真という、いわば自分が演出する舞台にエレンを上らせることで、キャロルの恋（アナザーワールドにおける恋）は成就するのである。

紹介されてから一年後の一八六五年に、三日間連続で、つまり本格的にエレンの撮影に取り組んだキャロルにとって、その三日間は特別の日だったというべきだろう。実はこの撮影が終わったその日に『不思議の国のアリス』の初版ができあがっているのである。

それにしても、なんという日だったのだろう！　キャロルのアナザーワールドが、大きく浮かびあがった、記念すべき一日だったのである。

⑪アイザ・ボウマンのこと

もうひとり、キャロルと深いかかわりのあ

った少女俳優として、キャロルが突然写真をやめた一八八〇年より後に出会った、アイザ・ボウマンの名をあげておかなければならない。

　このアイザ・ボウマンはキャロルと知り合いだったばかりでなく、実は不思議の国でアリスを演じた少女なのである。

『不思議の国のアリス』は、劇作家ヘンリー・サヴィル・クラークによって一八八六年一二月（刊行から二一年後！）にはじめてオペレッタに脚色され（キャロルはこれについて許可を与えただけでなく、途中で自ら引っ込めたほどのうるさい助言もしている）上演されているが、翌々年には再演され、そのときはアイザ・ボウマンが主役のアリスを演じている。キャロルが推しての配役だった。

　当時キャロルに誘われていた別の少女の回想によると「その頃のドジスンさんはボウマン姉妹にとても関心を持っていました。姉妹は全て少女俳優でしたが、彼はあるお伽芝居に出ていたアイザに特に興味を持ったのです。彼はオックスフォードの自分の所へアイザを招き、彼女が来ることであらぬ噂が立たぬようにと、ある老婦人の家に彼女をいさせることにしました。この老婦人こそそうした噂の出所だったのです。私の母はそう言ってました。ともかくこの婦人とアイザを近付けることで、陰口一切その根っこから絶っておくべし、そうドジスンさんは考えたのでしょう」（高橋康也訳より）――そんな策略を練るほど

『不思議の国のアリス』が舞台で上演されたのは1886年。キャロルの同意のもと、ヘンリー・クラークが演出したオペレッタであった。プリンス・オブ・ウェールズ劇場の公演広告には「ミュージカル・ドリームプレイ」と記してある。右がその広告で、左はプログラムの表紙。この公演は好評を博し、当劇場でまる2か月、50公演の後、地方都市公演も行うほどだった。

『不思議の国のアリス』のアリス役はフィービー・カルロ。グリフォンとウミガメモドキに囲まれている。このときアイザ・ボウマンは端役で出演していてキャロルの目にとまった。

ヘンリー・クラーク演出のオペレッタ『不思議の国のアリス』は好評で、2年後には、グローブ座で再演された。そのときのアリス役は、キャロルお気に入りの少女、アイザ・ボウマンだった。

アイザ・ボウマンは、オペレッタ再演でアリス役を演じた1888年以前からキャロルと親しくしていた。出会って間もなく、キャロルが「十二人の王女さまとお友だちになったとしても、そのぜんぶを合わせたとしても、わたしはきみのほうが好きです」と手紙に記すほど、親しさは深まっていた。1895年にアイザ・ボウマンから婚約を知らされたときはかなり取り乱したという。

キャロルはアイザが気に入っていたのだろう。この回想を記した少女自身も、アイザに会わないかとキャロルに誘われている。ためらう少女にアイザがどんなにかわいい少女であるか、まず少女の両親が自分の目でじきじきに確かめてみれば、とまでいったという。

それにしてもすでに写真術に自らの手で封印をしてしまったキャロルは、これほどのおもいを傾けたアイザを、どのように封じ込めようとしたのだろうか。

そのひとつが、名前を永遠に封じ込める方法である。

キャロルは一八八九年（アイザ主演のオペレッタ『不思議の国のアリス』上演の翌年）に刊行された長篇小説『シルヴィーとブルーノ』の序詩に、この名をみごとに折り込んだのである。

各行の頭文字をつなげると Isa Bowman の名が浮かびあがるだけでなく、三連ある詩の各連冒頭三文字をつなぎ合わせるとやはり Isa Bowmanとなる、二重に仕掛けられた折り句（アクロスティック）だった。

アイザ・ボウマンは、キャロルにとってそれほど大切な存在だったのである。

⑫写真術の封印とグラスハウスのこと

キャロルは一八八〇年に突然写真を撮らなくなる、つまり写真術を自ら封印してしまった。その理由について、諸説粉々、いろいろな憶測を呼んできた。

そのひとつ、新しい写真技術が開発され、キャロルの用いていた術が古いものになってしまったから云々という説は、キャロルの写真術に対する魔術的な感覚からして考えにくい。早く手軽に撮影できるとか、そのできあがりがよいとかは、キャロルの写真術の本質には関わらないからだ。そういう理由で、自ら写真術を手放すとは考えられない。

また、執筆活動に集中するため、人生の残り時間を考えて写真術を封印したという推測もなされているが、一気に全面的にピリオドを打つ理由としてはあまりにも弱い。

もっと切迫した事情があったと考えるほうが自然だ。

やはり少女を被写体にする傾向を一段とつよめていったことに理由があるのではないかと思う。

その背景に、オクスフォード大学クライスト・チャーチの一角に撮影用のスタジオを設けていたことを見逃すわけにはいかない。そのスタジオとはどういうものだったか——

そもそも写真術とは、光を像として定着させる術だから、何よりも光が必要である。キャロルの時代には写真術に必要なだけの光を、自然から得るしかなかった。いっぽう、感光剤や感光板を作ったり現像したりするのに明るい光は不要でありタブーだったから、写真

キャロルの時代の写真術は、光をどのように被写体にあてるかが大きなポイントになっていた。外に出て太陽光のもとで撮影すれば、安定した光を得ることができたが、そこへさらに人工的な調整や工夫を加えることのできる空間として、ガラス張りのスタジオが考え出された。このイラストでは向かって右側の壁側に、左側のガラスを通して入り込む光を反射させるレフ板が並んでいる。このような工夫で、被写体によりつよい光があたるようにし、写真のできばえをよくしようとしたのである。

術はいつも光と闇を同等に追求するという難題を抱えていた。明るい光を求めて外へ出るときは暗室代わりの黒幕付きのテントが必要だったし、逆に安定した作業を求めて暗室の近くで写真術を展開しようとすれば撮影の場所は限られることになる。

　こうした矛盾を打開する方法として開発されたのがガラス張りのスタジオ、当時「グラスハウス」と呼ばれた空間である。室内であれば背景や衣裳などいろいろな工夫が可能であり、比較的安定した光の量を得て、写真術は一層ドラマチックな魔術となる。

　キャロルは、このグラスハウス建設の許可をオクスフォード大学に求めた。しかも大学における自分の居室から通じる屋上に。いささか唐突な要求のようにも思えるが、写真術が当時の最先端技術として認められていたからこそできた要求であり、当局もそれゆえにこそ応えることができたといえよう。

　一八七一年（キャロル写真元年から一五年）一〇月、ついにキャロル専用のグラスハウスが完成し、翌年早々から実際に使用されている。このグラスハウス効果にははかり知れないものがあった。なにしろ、魔術にふさわしい「密室」が確保されたのであるから。

　ちなみに一八七一年一二月に刊行された

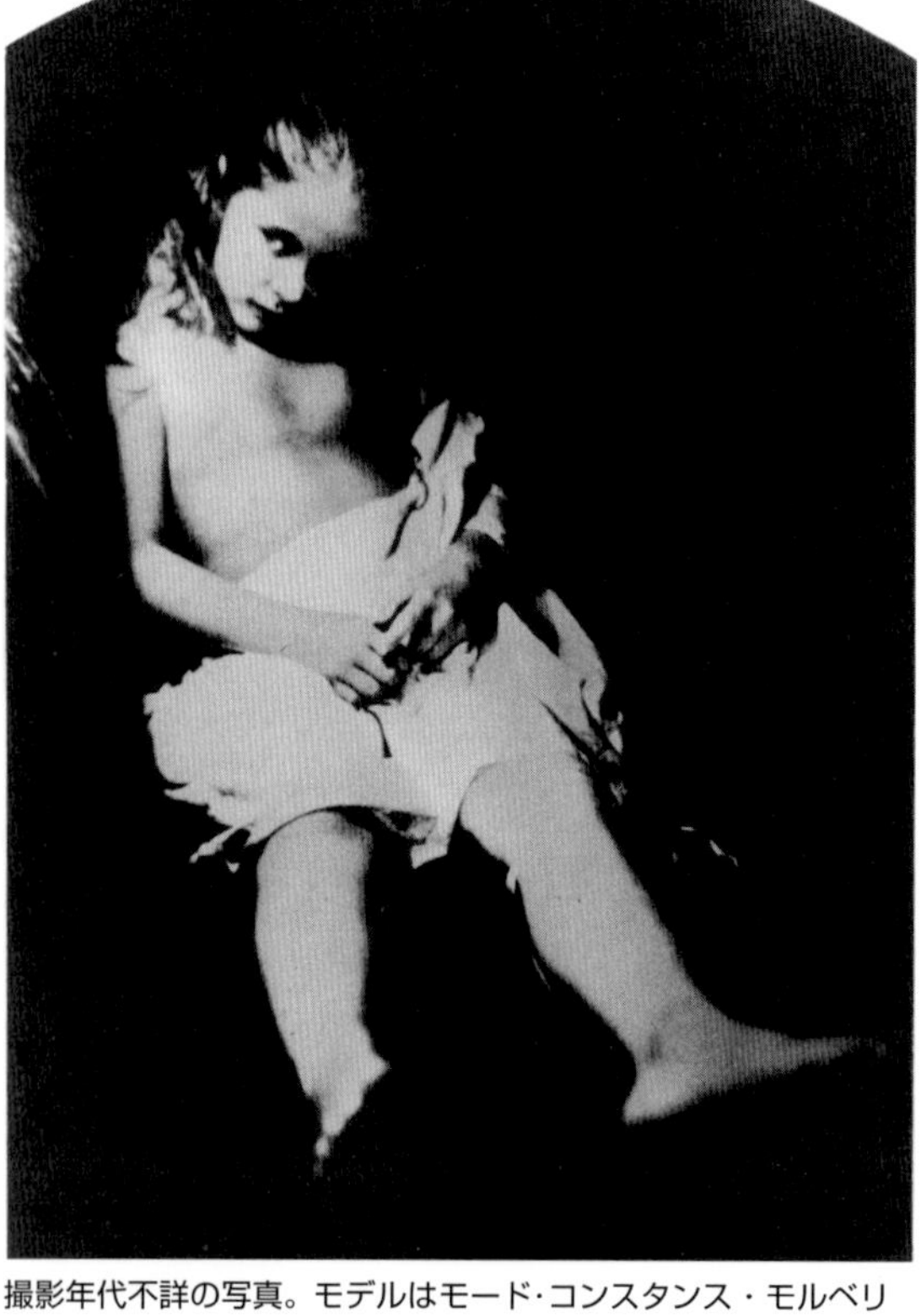

撮影年代不詳の写真。モデルはモード・コンスタンス・モルベリー。キャロルの衝撃的なヌード写真である。

『鏡の国のアリス』の第一章のタイトルはLooking Glass Houseである。キャロル得意の言語遊戯をここに応用すると、グラスハウスでのできごとといったニュアンスを感じとることもできるのである。

それはさておき、このグラスハウスに少女たちを誘い、さまざまな装いをさせて撮影したり、少女たちさえ納得すれば（両親の了解を得ようとしていた記述も残されているが、そうした例以外は謎につつまれている）、キャロルが最も美しいと感じていた裸の写真を撮っていたのである。そして、そうした撮影だけにとどまらず、暗室に案内し、ガラス板に像が浮かびあがるところを見せ、少女たちと一緒になっておどろいたりよろこんだりしたキャロルにとって、そこはまさに夢の国、アナザーワールドそのものだっただろう。

しかしこうしたことが長続きするはずがない。エキサイティングな密室であるがゆえに、そこで行われていることについてあらぬウワサが広がったであろうことは想像に難くない。もちろんキャロルは、密室の魔術への第三者の介入を許すはずがない。多分大学当局から追求の手がのびるであろうことを知らされた段階で、写真術に関するすべてを廃棄し、記憶の中に封じ込めたのだと思う。

そして私たちはその記憶を、想像力を駆使してたどるしかないわけだが、それこそキャロルのみごとな遺産ののこし方であったというべきである。

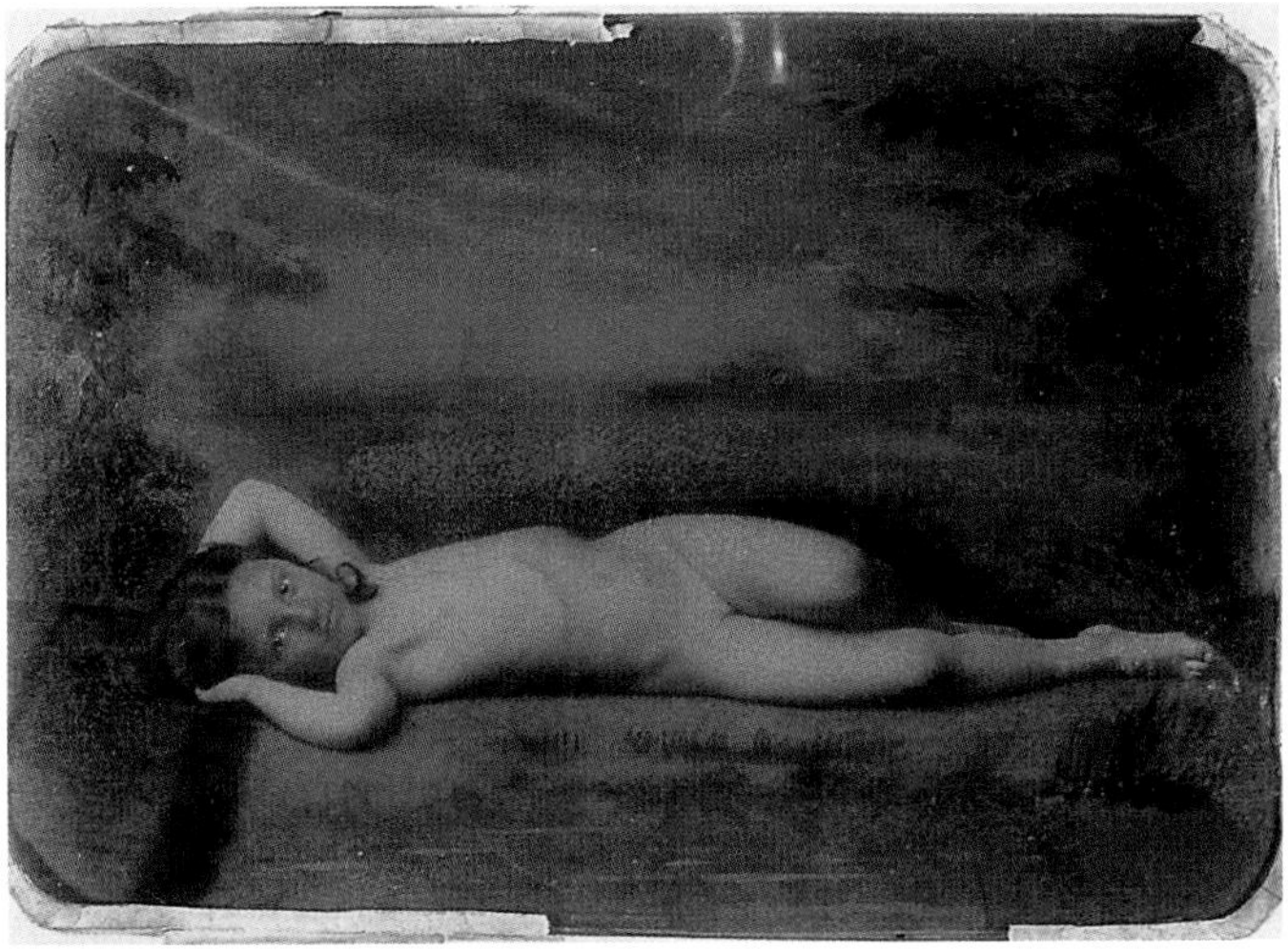

キャロルが1879年に撮影した、イブリン・ハッチのヌード写真。角の丸いガラス板に感光され、それに氏名不詳の誰かが彩色を加えたもの。

キャロルが1873年に撮影した、ベアトリーチェ・ハッチのヌード写真。その写真を合成したうえで別の人によって彩色が施されたもの。キャロルはこのような裸体に美しさを感じることを率直に表明しているが、その写真を撮るときは必ず親の許可を取るだけでなく、写真を個人的なものにとどめるために細心の注意を払っていた。

ルイス・キャロル年譜（一八三二―一八九八年）

母フランシスのシルエット。

一八三二年　一月二七日、チェシャ州デアズベリーの牧師館で、チャールズ・ラトウィッジ・ドジソン誕生。父はイギリス国教会牧師チャールズ・ドジソン、母はフランシス・ジェイン・ラトウィッジ。三人目の子で上二人は姉。長男の誕生だった。その後、妹が五人、弟が三人生まれており、十一人の兄弟となった。

デアズベリーという所は、馬車が一台通っても事件に思えるようなひっそりとした田園地帯で、野原で遊び小さな動物たちと触れ合い、木に登ったり穴に入ったり、大自然につつまれて暮らしていた。また近くの古城に家族旅行に出かけ、その廃墟で穴にもぐったり、不思議の国体験をしたと推測する研究者もいる。

父チャールズのシルエット。

キャロルはこの地で一一歳まで過ごしたが、その間教育はすべて厳格な父親のもとで行われていた。

しかしこの父親は厳しいだけでなく、ユーモアにも富んでおり、キャロルが八歳の時に受け取った父親の手紙には次のようなシーンが書き込まれていた。

「……お前に頼まれたもの忘れちゃいないよ。リーズにつくや否やパパは道の真ん中でどなってやろう、やい金物屋ってね――か・な・も・の・や――六百人からの人間がたちまち店からとびでてくる――あっちへ走るわ、こっちへ駈けるわ――鐘をならし、おまわりさんを呼び立て――上を下への大騒ぎさ。俺様はやすりにねじ回しに指輪が欲しい、すぐ持ってこないと四十秒以内に猫いっぴき除いてリーズの町を皆ごろしにするぞ。なんで猫いっぴき残すかって。そいつをころしてるひまがないからさ。そこで町の奴らはべそをかいたり髪の毛をむしったりだ。豚も赤ん坊も、ラクダもちょうちょうも、どぶの中にころげこむやら、ばあさん連中は煙突をかけ昇り雌牛がそれに続くやら。あひるはコーヒー茶わんにかくれるし……」（高山宏訳）

なんともにぎやかで滅茶苦茶な書きっぷりであり、まるで後年のルイス・キャロルその人の手紙のようである。

一八四三年（一一歳）　父親がヨークシャー州クロフト教区の牧師に任命される。これは十一人の子どもを養う父親にとっては願ってもない昇任である。その住居となる牧師館には広い菜園もあり、キャロル得意の汽車ごっこにはもってこいの長い通路が交錯するなど、子どもたちにとっては格好の遊び場になった。また、キャロルが人形芝居に取り組んだとされるのも、この頃のことである。

なおこの牧師館の三階にあった子ども部屋の床から後に、指貫や白い手袋などが見つかっている。指貫が『不思議の国のアリス』においてドードーからアリスに贈られるシーンで大きな役割を担ったことや、白い手袋からシロウサギの存在を思い出させる。子どものときに強く印象づけられていたのだろうか。

一八四四年（一二歳）　リッチモンド・スクール入学。はじめての学校生活だが、数学や

ルイス・キャロルが生まれたデアズベリーの牧師館。1884年に焼失した。

ラテン語に並々ならぬ才能を示し、校長を驚かせている。家では家族回覧用雑誌をせっせと発行し、その中には十数篇の詩による最初の作品集『有用無益なる詩』もあった。

一八四六年（一四歳）　パブリックスクール、ラグビー校に入学。ラグビー発祥の学校というエピソードを持つ有名校だが、日本でいえばバンカラ風の寄宿生活を含めた学校生活は、キャロルにとっては耐えがたいものだった。数年後に書かれた日記には「パブリックスクールでの生活をよろこびをもって振り返るなんてできそうにないし、何と説得されようとあそこでの三年間をもう一度繰り返そうとは思わない」とまで記されている。

キャロルが『牧師館の雨傘』の冒頭に描いたイラスト。

一八五〇年（一八歳）　前年末にやっとラグビー校生活の苦痛に終止符を打つことができ、心なごむクロフトに戻ってきた。そしてオクスフォードへの進学準備に励むことになる。と同時に、家族回覧用雑誌『牧師館雑誌』や『牧師館の雨傘』の発行に熱を入れた。ここではイラスト入りのパロディやら言語遊戯などが才能豊かに展開された。左上の図は『牧師館の雨傘』の冒頭に描かれたもの。やさしさに包まれた老詩人の上に不機嫌な妖精の一群がいて、苦悩やらゆううつやらと名付けられた塊を投げつけている。まさに皮肉たっぷりのイラストである。

一八五一年（一九歳）　実は一九歳の誕生日を迎える三日前の一月二四日に、すでに入学を許可されたオクスフォード大学クライスト・チャーチ校の宿舎に入ったのだが、すぐにクロフトにとんぼ返りせざるをえなくなった。母親の訃報が届いたからで、一月二六日、母親は四七歳にしてこの世を去ったのである。キャロル一八歳の最後の日の悲しいできごとであった。

　なお、この年五月、世界最初の万国博覧会がロンドンで開かれている。会場のハイドパークには、巨大なガラスの殿堂「クリスタルパレス」が建てられ、大方の度肝を抜いた。キャロルもまたこの万博を訪れており、産業革命による工業的成果や、最高級の手作り製品、そして何よりも写真術の成果を目の当たりにしている。翌年には叔父のスケフィントンのところで顕微鏡をのぞくなどして、光学的な分野への関心は高まる一方となった。

　またこの頃、文学の世界では、エドワード・リアの『ノンセンスの絵本』（四六年）、エミリー・ブロンテの『嵐が丘』（四七年）、シャーロット・ブロンテの『ジェイン・エア』（四七年）、チャールズ・ディケンズの『デイヴィッド・コパフィールド』（五〇年）、アルフレッド・テニソンの『イン・メモリアム』（五〇年）など、後世に残る作品が生み出され、美術の世界では、ダンテ・ガブリエル・ロセッティやジョン・エヴァレット・ミレイらによってラファエル前派が結成される（四八年）といった大きな動きが見られた。多感なキャロルを、大いに揺り動かす時代だったのである。

　さらに、写真術においてスコット・アーチャーが、間もなくキャロルも親しむことになる「コロジオン湿板写真術」を発明し、写真術の普及に拍車をかけたのも、この年のことであった。

エドワード・リア自筆の『ノンセンスの絵本』の挿絵。

クライスト・チャーチのルイス・キャロルの部屋。

一八五五年（二三歳）　前年に最優秀の成績でクライスト・チャーチを卒業したものの、先行き不透明だったキャロルにこの年幸運が訪れる。クライスト・チャーチのトップの交代——リデル博士の着任を機として、学寮修士（クライスト・チャーチの中では修士号に伴う特権が認められるというもの）の称号を与えられ、生活が一気に安定したのである。年末の日記には「今年僕はまず金のない学士あがりの研究生だった。何のプランも見通しもあったわけじゃない。しかし一年たった今はクライスト・チャーチの修士資格の指導要員なのだ。収入は年三百ポンド以上になった。数学の授業は少なくとも向こう三年間のメドが立った」と記し、よろこびを隠せないでいる。

またこの年『コミック・タイムズ』誌の主幹エドモンド・イェイツと知り合い、パロディ詩を寄稿したりしていたが、一一月にこの雑誌は頓挫してしまった。

さらにこの年キャロルは、それからの人生に大きな位置を占めることになる、劇場通いを始めている。特にプリンセス・シアターの『ヘンリー八世』におけるチャールズ・キーンとエレン・テリーを見ていたく感激、翌年には八歳でプロとしてデビューするエレン・テリーのファンとなる。

この年、もうひとつ重要なできごとが起こっている。それは写真術が身近なものになったことである。敬愛する叔父のスケフィントンが自分のカメラを持ち、クロフトで撮影するところを見たり、その後撮影に同行したりして、カメラに触れたり、写真術の実際を擬似体験できたのだ。

一八五六年（二四歳）　前年に廃刊となった『コミック・タイムズ』の後を受けて、やはりイェイツを主幹とする月刊誌『トレイン』が創刊された。このときイェイツから寄稿を依頼されると同時にペンネームを考えるよう求められる。

二月一一日の日記によると、①本名チャールズ・ラトウィッジの文字を入れ替えた（アナグラム）「エドガー・カスウェリス」②同じ操作による「エドガー・U・C・ウエストヒル」③チャールズ・ラトウィッジをラテン語化したうえで文字の入れ替えをし、さらに英語に戻して得られる「ルイス・キャロル」。ただしその綴りは Louis Carroll か Lewis Carroll のどちらか。

こうして候補をあげたうえで三月一日、Lewis Carroll に決めた。ルイス・キャロルの誕生である。

同じ三月の一八日、キャロルはもうひとつの大きなエポックを迎えている。オットウィル写真店でついに待望のカメラを購入したのである。レンズ共で十五ポンドしたと日記に記されている。ほかにさまざまな薬品やら小道具が必要で、撮影にとりかかるとともに随時そろえていくことになる。

さらに、カメラ購入とほぼ同時期に、クライスト・チャーチのトップ、リデル博士の子どもたちに出会っている。長男のハリーと長

キャロル撮影のアリス・リデル。

女のロリーナである。次女のアリスに初めて会ったのは四月二五日のこと。アリス・リデルが四歳になる直前のことで、この日はカメラを持っていて、聖堂撮影のためにリデル邸の方へ行って出会ったのである。前景に子どもたちを入れようとしたが、じっとしていないためあきらめざるをえなかったが、アリスとカメラははじめから重なるところがあった。

　そして六月一六日には、前年すでに心動かされていた少女俳優エレン・テリーが王子役で出演する『冬物語』をプリンセス・シアターで見て、すっかりお気に入りになってしまった。一二月には『真夏の夜の夢』のパック役を見に行くなど、エレン目当ての劇場通いになっていった。

　まとめてみると、この年はルイス・キャロルという名の誕生、写真家として活動開始、アリス・リデルとの出会い、エレン・テリーへの傾倒、といった大きなできごとが集中したことになる。

『地下の国の冒険』のキャロル自筆の挿絵。

一八五七年（二五歳）　桂冠詩人アルフレッド・テニソンの姪、アグネス・グレイス・ウェルドの写真を撮影。そのうちの一枚は赤ずきんの扮装をさせたもので、これがテニソンのお気に入りとなって、直接会う機会を得るようになり、この年のうちにテニソン自身を撮影することに成功した。これから長い間友好関係はつづくが、一八七〇年にいたってひょんなことから誤解が生じ、ほとんど絶交状態となった。

一八六二年（三〇歳）七月四日　リデル家の三姉妹、ロリーナ（一三歳）、アリス（一〇歳）、イーディス（八歳）と、友人のロビンスン・ダックワースの五人で、クライスト・チャーチ近くの乗り場からボートに乗り、ゴッドストウへと川を遡った。このときキャロルが即興で話したファンタジーが、後に『不思議の国のアリス』にまとめられ、世界じゅうの子どもたちをよろこばせることになる。この日のことをキャロルはよく記憶していて、四半世紀もたってから次のように回想している。

――アリスよ、きみが生まれ出たあの「金色の昼下り」以来、幾多の歳月が流れた。しかし、わたしの心にまるできのうのことのようにあざやかによみがえってくるのは――わたしたちの上の雲ひとつない青空、わたしたちの下の鏡のような水、気ままにただよいゆくボート、けだるく怠惰なオールからしたたる水の音、そしてこれらまどろむような光景の中でただひとつ、生き生きと輝く生命の光、つまり妖精の国の消息を聞きたくてむずむずしている三つの小さな顔、「お願い、お話きかせて！」とせがむ唇……するともうわたしは、運命の女神の厳命を受けたかのように、いやとは言えなくなってしまうのだ……。

（『シアター』誌、一八八七年四月号、高橋康也訳）

一八六三年（三一歳）　ボート上でのお話をもとにしたファンタジー『地下の国の冒険』は、この年には書きあがっていて、友人ダックワース一家の好評を得たが、彼のすすめもあって、これを出版することに心が動き出していた。

　一方、アリス・リデルにプレゼントするための自筆本作りは、自らイラストを入れるなど、凝りに凝ったため、まだできあがらないでいた。

一八六四年（三二歳）　自筆手製本の『地下の国の冒険』が完成、一一月末にアリスに届けられる。

　この間、『不思議の国のアリス』出版に向けた準備は着々と進み、雑誌『パンチ』の編集者トム・テイラーの紹介で、挿絵をジョ

キャロルの1867年のロシア旅行の時の日記。

ン・テニエルに依頼したのも、この年の初めのことである。

なおこの年の末にキャロルは、憧れの女優エレン・テリーに直接会うことができた。そのときエレンは、画家のG・F・ワッツ夫人ではあったが、キャロルのよろこびは大きく、エレンはますます輝いて見えたのである。

このあとキャロルはずっとエレンの熱烈なファンでありつづけるのだが、三年後の一八六七年になって、エレンがゴッドウィンという男性と恋に陥って田舎に引っ込み、舞台からも姿を消してしまった。舞台復帰には一八七四年まで、またキャロルとの再会には一八七九年まで待たなければならなかった。

一八六五年（三三歳） 七月、『不思議の国のアリス』ができあがり、あの黄金の日の七月四日までにはアリス・リデルのもとに特装本が届けられた。しかし一般向けの本は出版後、印刷の不具合が見つかりすべて回収、刷り直して一一月にあらためて出版された。

一八六六年（三四歳） 数学の専門書『行列式の凝縮』を本名で出版。前年にも諷刺的数学書『分子分党の力学』を出版するなど、数学に関する著書・論文も少なからず出版しつづけている。

一八六七年（三五歳） クライスト・チャーチの友人リドンと初の海外旅行。ロシアに向けて旅立ち四か月後に帰国。

一八六八年（三六歳） 六月、父が亡くなる。キャロルにとって「生涯、最大の不幸」（日記）なできごとだった。のこされた家族は九月に、懐かしいクロフト牧師館を引き払い、ギルフォードに居を移している。

ところでキャロル自身も、この年クライスト・チャーチで、トム・クワッドに新しい部屋を得ている。屋上に通じる広い空間で、暗室も設けることができたし、何よりも屋上にガラス張りの写真スタジオを構える許可がおりたのはエキサイティングなことだった。このスタジオは一八七一年に完成、翌年には使えるようになった。

一八六九年（三七歳） 詩集『幻想魔境』出版。幽霊の不幸な運命を描いた詩や「ハイアウォサの写真術」「詩人ハ生マルルニアラズ、作ラルルナリ」などの戯詩のほか、まじめな詩も収録した。

父の死後、1868年にドジソン一家が移ったギルフォードの家。

一八七二年（四〇歳） 『不思議の国のアリス』の続篇たる『鏡の国のアリス』が出版された。実際には前年のクリスマスには発売され、アリス・リデルには革装の特装本が贈られていた。なお、最初の一章はすでに一八六

A・B・フロストによる「ハイアウォサの写真術」の挿絵。

『鏡の国のアリス』のためのテニエルのスケッチ。

八年に版元のマクミラン社に届けられていた。その後も順次書き送り、その校正刷が挿絵のテニエルのもとに届けられていた。

一八七四年（四二歳）『スナーク狩り』を書き始める。「さよう、スナークは、たしかにブージャムだったのだ」という意味不明の最後の一行がひらめき、それをもとに最後の一連から書き始めたと、キャロル自身が述懐している。

一八七五年（四三歳）「時代の徴候としての生体解剖」を雑誌に寄稿。次いで『生体解剖の誤謬』を出版。サイエンティストの暴走を、予言を含めて戒めている。

イーストボーンでの夏の休暇中にキャロルがスケッチした少女イーディス・ブレイクモア

一八七六年（四四歳）長篇ナンセンス詩『スナーク狩り』を出版。挿絵はヘンリー・ホリディだった。

一八七七年（四五歳）七月、海水浴場イーストボーンに行き、小ぶりの一軒家を借りる。以降、毎年夏はこの海水浴場で過ごすことになる。「その気になれば毎日でも新しくすばらしい子どもたちと親しくなれそうだ」と日記に記している。

一八七九年（四七歳）言語遊戯『ダブレット』を発表。同じ綴字数のふたつの単語のあいだを、一文字ずつ変えてゆくことでつなげるゲーム。たとえば頭（ＨＥＡＤ）を尻尾（ＴＡＩＬ）に変えるには——HEAD→HEAL→TEAL→TELL→TALL→TAILという具合である。

同じ年に数学のユーモラスな本『ユークリッドとその好敵手たち』を本名で著す。この後も本名でユークリッドをめぐる論文を何度か出版している。

一八八〇年（四八歳）この年、突然写真術を手放す。以降一切撮影は行っていない。裸の子どもの美しさを賞讃してやまなかったキャロルは、この前年からこの年にかけてたくさんのヌード写真を撮影したが、周囲の反応に穏やかならざるものがあって、結局はすべてを断念するにいたったようだ。真相は明らかではないが、あれほどキャロル自身と一体化していた写真術をあきらめるというからには、キャロル自身の立場・生き方の根本にかかわるような何かが起こったのだろう。

さらにこの年キャロルには大きな衝撃的できごとが重なった。ひとつは九月四日の、叔母ルーシィ・ラトウィッジの死である。この叔母は母親亡きあとキャロル兄弟たちにとっては母親代わりをつとめてくれたやさしい肉親であっただけに、その衝撃は大きかった。またその数日後、アリス・リデルがレジナルド・ハーグリーヴスと結婚式を挙げている。

自らの詩「五人づくし」のためのキャロルのスケッチ。

アーサー・B・フロストによる『もつれっ話』の扉絵。

この結婚について、キャロルが日記に一行も記していないという事実が、キャロルの複雑な思いを示している。

一八八五年（五三歳） すでに一八八〇年から女性雑誌に連載していた『もつれっ話』を出版。短篇のひとつひとつに数学の問題が仕込まれていて、単行本では、それに寄せられた読者からの解答について、ユーモラスな解説も付けられている。

一八八六年（五四歳） アリスにプレゼントされた、キャロルの自筆本『地下の国の冒険』の複製版が出版される。

またこの年、ルイス・キャロルの了解のもとにヘンリー・サヴィル・クラークが脚色・演出したオペレッタ『不思議の国のアリス』が、プリンス・オブ・ウェールズ劇場で公開され好評を博した。

『シルヴィーとブルーノ』の挿絵のためにファーニスに送ったキャロルのスケッチ。

ファーニスが描く自身（右）とキャロル（左）のカリカチュア。

一八八七年（五五歳） 前年公開のオペレッタをめぐる「舞台の上のアリス」を雑誌『シアター』に発表。この文中に、あの夏の日の思い出を記す（一八六二年の項参照）。また当のオペレッタでは端役で出ていた少女アイザ・ボウマンと知り合う。アイザは晩年のキャロルにとって最も大きな存在となる。

『幼児のためのアリス』表紙絵は新たにガートルード・トムソンが描いた。

この年『論理ゲーム』出版。単純な図形などを用いて論理学をゲーム化したもの。

一八八八年（五六歳） オペレッタ『不思議の国のアリス』が、グローブ座で再演される。アリス役には、キャロルの少女友だちアイザ・ボウマンが抜擢された。

一八八九年（五七歳） 妖精が重要な役割を演じる長篇小説『シルヴィーとブルーノ』を出版。冒頭に、愛するアイザ・ボウマンの名を巧みに織りこんだ（アクロスティック）献詩を掲げている。一八九三年には続篇も出版された。両方とも挿絵はハリー・ファーニスである。

またこの年、五歳以下の子どものための『幼児のためのアリス』を出版。キャロル自身がやさしく書き直し、テニエルがイラストに色を入れた。表紙はガートルード・トムソ

最晩年のキャロルの肖像画。

ンのオリジナルである。

一八九三年（六一歳） 本名で数学の問題集『枕頭問題集』を出版。この前後は論理学の出版が多い。翌年の論理的逆説を楽しむ小冊子『亀がアキレスに言ったこと』もそのひとつである。

一八九七年（六五歳） ドジソン本人とルイス・キャロルの区別を終始厳格にしてきたが、この年一一月からは、キャロル宛てに届いた郵便物をすべて「宛先人不明」として郵便局へ返送するにいたった。

一八九八年 前年末のクリスマス休暇から実家のギルフォードに妹を訪ねて滞在中、風邪から気管支炎を併発、一月一四日、六六歳の誕生日を迎えることなく永眠した。

ルイス・キャロルの著作

［アリス関係］

＊アリス・ファンタジーに関して、作品の引用等は原則として☆印のテキストに拠った。

Alice's Adventures in Wonderland (1865)『不思議の国のアリス』高橋康也・迪訳（河出文庫）☆／『新注　不思議の国のアリス』高山宏訳（東京図書）／柳瀬尚紀訳（ちくま文庫）他。

Through the Looking-Glass (1871)『新注　鏡の国のアリス』高山宏訳（東京図書）☆／『鏡の国のアリス』柳瀬尚紀訳（ちくま文庫）／矢川澄子訳（新潮文庫）他。

The Annotated Alice, edited by Martin Gardner (1960)〔数学者マーティン・ガードナーによる詳細な注を付した版。現在刊行の The Definitive Edition には「かつらをかぶった雀蜂」も収録されている〕

Alice's Adventures Under Ground（地下の国の冒険）(1863/1886)〔アリスに送った自筆本。１８８６年に複製版として刊行〕『不思議の国のアリス・オリジナル』高橋宏訳（書籍情報社）／『地下の国のアリス』安井泉訳（新書館）

The Nursery Alice（幼児のためのアリス）(1889)〔『不思議の国のアリス』を子供向けに書き直し、テニエルの挿絵の一部を選び彩色した版〕『子供部屋のアリス』高橋康也・迪訳（新書館）／『おとぎの〝アリス〟』高山宏訳（ほるぷ出版）他。

"The Wasp in a Wig"『かつらをかぶった雀蜂』柳瀬尚紀訳（れんが書房新社）

［小説・詩］

「スナーク狩り」*The Hunting of the Snark* (1876) 沢崎順之助訳（『原典対照／ルイス・キャロル詩集』収録）他

『シルヴィーとブルーノ』*Sylvie and Bruno* (1889) 柳瀬尚紀訳（筑摩書房・ちくま文庫）

〔続編 *Sylvie and Bruno Concluded* (1893) は未訳〕

『原典対照／ルイス・キャロル詩集』高橋康也・沢崎順之介訳（ちくま文庫）

［論理学］

『もつれっ話』*A Tangled Tale* (1885) 柳瀬尚紀訳（ちくま文庫）

『枕頭問題集』*Pillow Problems* (1893) 柳瀬尚紀訳（朝日出版社）

『不思議の国の論理学』柳瀬尚紀編訳（ちくま学芸文庫）

ルイス・キャロル関連参考文献

Lewis Carroll, An illustrated biography by Derek Hudson, Constable & Company Ltd., London, 1954.

『ルイス・キャロルの生涯』ハドスン／高山宏訳（東京図書、１９８７年）

『ルイス・キャロル伝　上下』モートン・N・コーエン／高橋康也監訳、安達まみ・佐藤容子・三村明訳（河出書房新社、１９９９年）

Lewis Carroll Photographer, by Helmut Gernsheim, Max Parrish & Co. Ltd., London, 1949.

『写真家ルイス・キャロル』ヘルムット・ガーンズハイム／人見憲司・金澤淳子訳（青弓社、１９９８年）

Victorian Theatre, edited by Russell Jackson, A & C Black (Publishers) Ltd., London, 1989.

『翻訳の国の「アリス」』楠本君恵（未知谷、２００１年）

◉**著者略歴**

桑原茂夫（くわばら・しげお）

一九四三年、東京生まれ。編集スタジオ「カマル社」代表。一九七二年に『別冊現代詩手帖　ルイス・キャロル』を編集、日本におけるルイス・キャロル研究の先鞭をつけ、さらにムック『アリスの絵本』や沢渡朔写真集『少女アリス』の編集などを手掛け、アリス・ブームを起こす。その後も映画『アリス・イン・ワンダーランド』の公式プログラムに解説を執筆するなど「アリス研究家」として活躍中。著書に『アリスのティーパーティ』（河出文庫）、『チェシャ猫はどこへ行ったか　ルイス・キャロルの写真術』（河出書房新社）、『不思議の国のアリス　完全読本』（河出文庫）、『不思議の部屋』全四巻（筑摩書房）他、多数。

＊本書の第一章・第二章は『アリスのティーパーティ』（河出文庫、一九八六年）を、第三章は『チェシャ猫はどこへ行ったか　ルイス・キャロルの写真術』（河出書房新社、一九九六年）を元に加筆・改稿したものです。

ふくろうの本

新装版
図説　不思議の国のアリス

二〇〇七年　四　月三〇日初版発行
二〇一三年一二月三〇日新装版初版発行
二〇二一年　六　月二〇日新装版初版印刷
二〇二一年　六　月三〇日新装版初版発行

著者……………………………桑原茂夫
装幀……………………………松田行正＋杉本聖士（マツダオフィス）
発行者…………………………小野寺優
発行……………………………株式会社河出書房新社
〒一五一－〇〇五一
東京都渋谷区千駄ヶ谷二－三二－二
電話　〇三－三四〇四－一二〇一（営業）
　　　〇三－三四〇四－八六一一（編集）
https://www.kawade.co.jp/
印刷……………………………大日本印刷株式会社
製本……………………………加藤製本株式会社

Printed in Japan
ISBN978-4-309-76304-0